蚂蚁书架
MY BOOKSHELF

格涩糊涂老太天津胖子

林希

著

天津出版传媒集团

天津人民出版社

图书在版编目（CIP）数据

格涩·糊涂老太·天津胖子 / 林希著. -- 天津：
天津人民出版社，2020.1（2022.9 重印）
（林希自选集）
ISBN 978-7-201-15657-6

Ⅰ.①格… Ⅱ.①林… Ⅲ.①中篇小说-小说集-中
国-当代 Ⅳ.①I247.5

中国版本图书馆 CIP 数据核字(2019)第 282112 号

格涩·糊涂老太·天津胖子

GESE·HUTULAOTAI·TIANJINPANGZI

出　　版　天津人民出版社
出 版 人　刘　庆
地　　址　天津市和平区西康路 35 号康岳大厦
邮政编码　300051
邮购电话　(022)23332469
电子信箱　reader@tjrmcbs.com

责任编辑　伍绍东
装帧设计　汤　磊

印　　刷　河北鹏润印刷有限公司
经　　销　新华书店
开　　本　880 毫米×1230 毫米　1/32
印　　张　6.25
插　　页　6
字　　数　120 千字
版次印次　2020 年 1 月第 1 版　2022 年 9 月第 2 次印刷
定　　价　42.00 元

目　录
CONTENTS

格涩

英国德士古油行派到天津来开发市场的商人——格经理原名叫格赛，天津人咬不准洋腔，就把格赛先生的大名改成了"格涩"。

"格涩"，天津方言。天津人说一个人行为古怪，就说这个人"格涩"。譬如说待人接物吧，别人看见戴乌纱帽的都鞠躬，他看见戴乌纱帽的就充大尾巴鹰；别人看见馒头笑，他啃着馒头吃着肉骂娘。对于这种人，天津人就说他"格涩"。

德士古油行的格经理怎么就"格涩"了？因为他不懂情理。

中国人烟酒不分家，可是格经理无论和谁在一起吸烟的时候，他只往外掏一支。明明知道对方也会吸烟，可是他点着了自己的一支烟，立即就把烟盒放回口袋里了，一点儿也不懂得让一让。一次，在天津，格经理和一位中国人一起去起士林餐厅吃饭，一人一盘大牛排，吃完之后，格经理抢着付账，急得那位爷还和他争了半天。只是待格经理付账之后，两个人一起往外走，突然"博依"拦住了那位和格经理一起吃饭来的中国人，万分礼貌地向这位中国人鞠了一个躬，"博依"这才说道："先生，请付账。"哟，这个格经理，他只付了自己吃的那份牛排钱，合算中国爷吃的那份，他没管。

"什么人性？"天津人都说这位格赛先生"格涩"。

格经理到天津来的时候，身负德士古油行的重托，一定要打开局面，不能眼看着美国人独霸天津石油市场，一定要平分天下。只是要想和美国人争市场，谈何容易，人家美孚油行早十年前就把市场垄断过去了。人家美孚油行开发中国市场也不那么容易，初到中国的时候，挨家挨户送煤油灯，白送，分文不收，煤油灯里还有二两煤油。中国人白得了一盏煤油灯，一分钱没花，白点了半个月。真亮，比中国的老油灯亮多了，还不挨油烟熏。这一下，中国人高兴了。见了面，大家就相互问:"点煤油灯了吗? 真亮呀!"只是,半个月之后,油灯里的煤油用完了。这一下,就要自己去买煤油了,煤油也不贵,一两煤油才几分钱,用得起。于是家家户户都把老油灯砸了,换上了煤油灯。好了,美孚油行的市场打通了,美孚油行在天津一年卖的煤油,比在整个美洲大陆卖得还多,你说说英国人看着能不眼红吗?

如今,德士古石油公司要挤进中国来和美孚油行平分秋色,就没那么容易了。你再家家户户送煤油灯,中国人已经不用煤油灯了,法国电灯房早把电线拉进家家户户,家家户户也早就点上电灯了,比煤油灯还要亮多少倍。按理说,法国电灯房一开张,美孚油行就要关门,只是人家美孚油行早有准备,平民百姓用上了电灯,对于美孚油行没有多大的影响,人家把煤油市场向农村开发,再做起了石油生意。这一下,人家的生意更火了,钱也就赚得更多了。

德士古想开发中国市场,他们只能靠信誉取胜,也就是一定要找到可靠的代理商,让中国人出面从美孚油行手里抢市场。找谁出来代理德士古利益呢? 中国人想和洋人做生意的多着呢，格经理才一到中国，还没下船，送礼的就排上了队。好在格经理有个准主意，凡是送礼来的，礼品收下，人，一个不见。格经理当然明白，凡是送礼来的，必是自知没有竞争能力，自己觉得争不过别人，就做手脚求个关照。我关照了你，德士古的生意谁来关照呀？生意做不成，他格赛先生只在中国交下了一大群无能的朋友，那有什么用呀？总行又不是派你和中国人套近乎来的，结识哥们儿没有用，要卖石油。

英国人格赛先生来到中国，第一站是广州，几经物色，他和一位绰号叫"皱巴"的广东人签订了合作意向书，由此德士古油行广州分号就开张做生意了。格经理为什么在广州和"皱巴"合作，没有什么太深的原因，就是这位"皱巴"先生在英国汇丰银行里有存款，而且数目不小，足可以做保证金，万一生意上出了什么差错，跑了"皱巴"也跑不了汇丰银行里的存款。英国人就是这样小心眼，不见兔子不撒鹰，人虽然"皱巴"点，不好合作，但足以依赖。格经理说生意上双方利润平分，但"皱巴"不干，坚持中国方面一定要百分之五十一。原因也很简单,你格经理在中国办事,身边离不开翻译;我"皱巴"在广东做生意,说话人人能懂,比你少一笔花销,应该不应该比你多拿一个百分点?格经理没有办法,只得乖乖地点头答应。

格经理在上海找到的合作伙伴,绰号叫"遮理"。谈判到了中午,两个人一起出去吃饭,格经理进了上海红房子去吃西餐,"遮理"不去,跑到外滩去吃"玻璃"。格经理一听吓一跳,你们中国人怎么什么东西都吃,早听说过还有吃蛇的。离开英国的时候,格太太还嘱咐她先生到了中国万万不能吃老鼠,怎么如今中国人竟然吃起工业产品来了?"遮理"告诉他说,他不是去吃那种窗户上镶着的透明玻璃,他是去吃清汤面,因为清汤面里面什么也没有,所以上海人说那是"玻璃",一角钱可以吃饱,而且还和格经理约好,午饭之后,两个人还回到原地方,接着谈判。临出门,格经理用打火机给"遮理"点着了一支香烟,"遮理"没占格经理的便宜,给了他一根火柴,留着剔牙。

在上海,格经理和"遮理"先生一起为德士古公司上海分号选址开张,用了整整半个月的时间,"遮理"

险些没把格经理的鼻子遮理歪了，这儿也不好，那儿也不行，无论格经理看中什么地方，"遮理"也是和他遮理，到最后还是"遮理"选定的地址，就在哈同公园正门对面，一间普普通通的小门面，比人家美孚油行的气派差多了。可是开张之后，没有多少时间，全上海买石油的都往德士古跑，眼看着美孚油行的生意一落千丈。美孚油行经理也不是光吃干饭的吃饭虫，立即派下人做社会调查，这一查，查明白了，论石油质量，美孚和德士古的石油都是一个成色，原来人们买美孚油行的石油，是因为德士古还没在上海设分号，如今有了德士古上海分号，人们就再不到美孚油行买油去了。美孚油行设在什么什么路的多少多少号，人家德士古就在哈同公园对面。哈同公园谁不认识呀？坐上黄包车，只说一声哈同公园，一溜烟，车夫就把你拉到地方了，去美孚油行还得绕弯儿，没去过的还得问路。而且，德士古分号因为设在哈同公园对面，电话号码也比哈同住宅差一个号。哈同是上海的首富，他家的电话号码是1111111；德士古分号挨着哈同公园，电话号码是1111112。你说电话买油的人，还会再查美孚油行的电话号码，一定得买美孚油行的石油吗？

所以，虽然人遮理，可是英国的"格涩"一定要和上海的"遮理"合作，那可是天生的一对，地配的一双，俩人珠联璧合，没多少日子英国人就赚了大钱。

德士古的格经理来到天津，更要物色一个得力的合作伙伴，只是天津一没有"皱巴"，二没有"遮理"，天津有个侯大爷，各方面的条件最是合适。于是格经理开始和侯大爷接触，想请这位大爷出山，在天津开设德士古分号，合伙做石油生意。

哟，这不是天上掉馅饼吗？满天津卫的人谁不梦想着开洋行呀？何况侯家又是买办出身，当年和日本人做过几年生意，一户普普通通的侯姓人家立马就成了天津的名门了。后来居然有人考证出来，天津侯家原来是中华民族开国第一代君主的后裔，《易经》上有记载："利居贞。利建侯。"侯，就是君主的意思，所以，侯，乃天下第一君主之后人也。

你就说说，人们多会拍马屁吧。

侯姓人家在天津的名声好，是格经理选定侯大爷做合作伙伴的第一原因。英国人做事看重名望，他们认为，没有名望就没有号召力，满天津城一传言，说是侯大爷和英国人合作办起了德士古分行，你说说那该有多体面呀。不和侯大爷合作，德士古偏偏在天津找了个二梆子做全权代表，你说，那能有威望吗？

格经理选定侯大爷做合作伙伴更重要的原因，是侯大爷会说一口流利地道的伦敦话，侯大爷自幼不肯努力读书，他怎么就会说一口流利的伦敦英语呢？没什么秘密，侯大爷自幼有一个玩伴儿，这个玩伴儿总拉着少年侯大爷去英租界和狡猾的英国少年玩桥牌，自然是局局必输，但日久天长却学会了一口流利的英国话，还是地道的伦敦口音，连脏话都会说，诸如小兔崽子、狗娘养的之类，绝对能和英国人相互交流。

侯大爷虽然自幼和劣迹英国少年一起鬼混，但不改中国少年的诚实本性，处世交友，侯大爷没有捂着盖着的事儿。有一次侯大爷逛商场，就觉着衣服口袋被人掏了，小偷儿！侯大爷一跺脚，当即就说道："哎呀，你怎么掏我这边的口袋呢？这边儿口袋里没有钱，钱在那边口袋里放着呢！"那小偷儿也是胆子太小，没敢再掏那边儿口袋，一溜烟，吓跑了。

侯大爷的第三个优点，人缘儿好。满天津卫的爷们儿都说了，只要是侯大爷做生意，他卖嘛，咱买嘛：侯大爷卖土豆，满天津卫的爷们儿不吃白菜；侯大爷卖臭豆腐，满天津卫的爷们儿不吃芝麻酱。就是这么好的人缘儿。

为什么？原因不必细问，满天津卫的爷们儿没有不欠着侯大爷的人情的。下馆子吃饭，只要向侯大爷点个头，问声："侯大爷万福。"立马，饭钱侯大爷"候"了，最多的时候，侯大爷在饭店吃饭付过十桌的钱。那天，侯大爷高兴，吃过饭后，站起身来，一挥手，向茶房说："二楼满堂的饭钱，我'候'了。"立马，二楼大堂里站起来一个人，向着侯大爷施了一个大礼，便对侯大爷说："爷，我爸爸在三楼吃饭呢，二楼坐不下，他才上的三楼。"侯大爷没犹豫，当即就回答说："那就算一起吧。"说罢，侯大爷扬长而去了。

侯大爷如此大方，所以在钱财上不计较，格经理提出倒四六分成，就是全部利润英国方面分六成，中国方面得四成，侯大爷立即就对格经理说："我再加你一成。"就这样，格经理对天津，比对广州、上海的印象都好。格经理认为天津不光是硬件好，软件更好。

和英国人打交道，不容易，侯大爷一改旧日的大爷脾气，认认真真地和格经理开始了艰难的谈判。自然，以侯大爷的本事，他绝对不是英国人的对手，但是侯大爷背后有高人指点，这位高人，就是侯大爷的老爹，侯老太爷。

其实，早在侯大爷开始和格经理接触之前，侯老太爷就嘱咐过他儿子一定要把这桩差事争到手。侯老太爷在天津市政厅有个闲差，英国"格涩"先生一到天津，侯老太爷就得到了消息，回到家里立即把儿子召到房里来，开门见山，劈头就说："你也得做点正经事情了，总不能当一辈子吃饭虫。如今正好有一个好差事，英国的德士古洋行，要在天津办分号……"

"我行，干别的不行，开洋行，我行。"没等他老爹把话说完，侯大爷当即就把这桩差事答应了下来。这倒不是侯大爷想开创一番事业，也不是侯大爷多么想赚钱，只是因为这些年看着那些吃洋饭的人春风得意的样子，太眼馋了。如今自己已经是快四十岁的人了，还在家里吃爹，不舒服了。倒不是老爹不养活自己，凭侯老太爷的财势，莫说是养一条吃饭虫，就是养十条八条吃饭虫，也照样是有酒有肉。侯大爷之所以想出山办洋行，就是为了活得自在，坐汽车，泡舞厅，吃起士林餐厅，大把大把洋钱可着性儿地花，那可是比吃老爹自由多了。

"只是呢，和英国人打交道……"

"爹，你放心，我全懂，用不了下工夫，我保准能勾住英国人的腮帮子。"侯大爷胸有成竹，当即就在他老爹的面前夸下了海口，保证在强手如林的天津卫，把德士古油行天津分行的生意抢到自己的手里。

头一遭和格经理见面，侯大爷一句话就把格经理征服了。当格经理说，他刚刚把一个带着翻译来见他的天津商人打发走了的时候，侯大爷说了一句莎士比亚的笑话。侯大爷对格经理说道："那一定是一个穿黄袜子、系十字交叉袜带的家伙。"典出于莎士比亚的名剧《第十二夜》，剧中一个蠢蛋，就是穿着黄袜子、系着十字交叉袜带见他最最倾慕的美人儿去的，结果自然是遭到一番奚落。

行，有门儿，格经理走遍大半个中国，头一遭遇见一个会说笑话的幽默中国人，印象好。两个人一见如故，越谈越投机，事情就定下一半儿了。

时到中午，两个人一起去用餐，自然要去起士林餐厅，格经理要了一份扒牛排，侯大爷胃口好，要了一份烤乳鸽，一盘煎鱼，外加一份鱼子酱。狼吞虎咽，侯大爷把三份大菜吃得精光，格经理一看，果然不像中国人，吃一半剩一半，好好的东西全糟蹋了，立即对侯大爷更为肃然起敬。再喝一杯咖啡之后，格经理付账，自然只付他自己吃的那份牛排钱，侯大爷二话没说，站起来陪着格经理走出了起士林餐厅大门，格经理愣在门口没敢往远走，他看着侯大爷不无惊奇地问道："为什么你吃饭不付钱？"

"我怎么能不付钱呢？"侯大爷回答，"只是，我身上从来不带现钞，无论是买东西，还是吃饭，都是到时候付账。"

"可是他们并没有请你签字呀。"格经理不解地问着。

"签字干什么？我还会不认账吗？我们中国人和你们英国人不一样，你们英国人签字有效，无论什么事，不签字明天就不认账；我们中国人信誉为本，到时候你把账单送到我家，我家的账房如数付款，根本用不着核对。"

"他们何以就如此信任先生呢？"格经理向侯大爷追问。

"因为我姓侯呀！莫说是吃你顿饭，就是开走你一部汽车，出门远行去了，多少年之后，我回来，只要你记着这件事，侯先生，多少多少年前，你开走我一部汽车，付钱，这些年的利息是多少，分文不差。明白吗？子曰：与朋友交而不信乎？明白吗？就是与朋友交往怎么能不讲信用呢？我们是儒教立国，就是做生意也是儒商。"

"佩服，佩服！"格经理万般钦敬地向侯大爷说着。

中 篇

　　磋商在天津开设德士古分行的谈判,已经进行了半个多月,在许多基本条件上,侯大爷和格经理已经非常接近,应该说事情已经有了七成的把握了。

　　随之,就需要着手选定行址了。

　　格经理初到天津,只知道有个英租界,英租界冷冷清清,本来就不适于做生意,格经理对侯大爷说,分行的选址问题,事关重大,选好了地址,就有日后的繁荣,选不好地址,就没有人到你分行来买石油。天津的商人们已经和美孚油行有了多年生意往来,选一个好地址,是和美孚油行竞争的重要条件。而且,有上海成功的经验在先,上海的"遮理",就因为把上海分行设在了哈同公园对面,一下子业务就开展起来了。买油的人一登上车,只要说一声"去哈同公园",不需要再费唇舌,洋车、汽车就把你送到地方了,活气得美孚油行也想换地址,只因为上海再没有比哈同公园名气再大的地方了,所以美孚油行的生意眼看着就被德士古抢过来了。

天津分行的地址选在哪儿呢？侯大爷没了主意。倒也看了好几处地方,都是不中意。天津没有哈同公园,天津知名度最高的地方是三不管,能把洋行设在三不管吗？哈同是上海的首富,上海人没有不知道哈同的,可是天津就没有一个足可以和哈同相比的人物,天津最有名的人物是唱曲儿的姑娘花彩云,能把德士古分行设在花彩云绣楼对面吗？坐上车子,"去哪儿？""花彩云绣楼。"您老是买油去呀？明明是听曲儿去的,不合适。

一连半个月没有选好地址,侯大爷腻了,整天耷拉着脑袋瓜子犯愁。侯老太爷看着儿子事由上没有进展,就问:"这两天,你和德士古谈判的事情怎么样了？"

"别提了。"侯大爷摇了摇头回答着他老爹,"不顺。"

"被哪道坎儿绊住了？"侯老太爷向儿子追问着。

"选不着好地点。"一五一十，侯大爷就把为分行选址的事，向他老爹说了。述说过之后，侯大爷摊着双手万般为难地嘟囔道，"又要交通便利，还要知名度高，一说起来谁都知道是什么地方，您老说，咱天津卫哪里去找这样的好地方呀。"

"那还不好办吗？"说着，侯老太爷拉着儿子走出侯家大院，满天津卫选分行地址去了。

果然，就在老紫竹大街西头，侯老太爷选中了一处地方，这地方好风水，东边儿是意租界，南边儿是英租界，北边儿是日租界，附近还靠近法租界、德租界。反正这么说吧，这个地方就是天津卫八国租界地的中心，而且还通着红牌电车、绿牌电车，交通也算不错。只是看了一遭，侯大爷还是不甚满意，他犹犹豫豫地向他老爹说道："这地方都好，就是知道的人少，而且谁也不知道紫竹大街上有个德士古分行。"

"嘻，那就更好办了。"说罢，侯老太爷领着儿子就回家了。

第二天早晨，高高兴兴，侯大爷领着格经理去看他选中的地址，没到下午时候，侯大爷垂头丧气地又回家来了。一看儿子那份无精打采的德行，侯老太爷就猜出事情八成没有谈成，立即，侯老太爷就对儿子说："就是那个地点了，明天把格经理请出来，咱们当着他的面把事情办妥。"

"妥不了。"侯大爷着急地对他老爹说着，"若不怎么就说他'格涩'呢？这么好的地点，他还是看不上眼，他说，紫竹大街地处偏远，买石油的商人们绝对不会找到这儿来和你做生意。"

"那还不好办吗？明天你把他请到登瀛楼饭庄吃饭来就是了。"

侯大爷不知道他老爹卖的什么关子，好在侯大爷事事服从老爹的安排，第二天，他就把格经理请到登瀛楼饭庄来了。

登瀛楼饭庄二楼，冠盖云集，天津卫有头有脸儿的人物全都到齐了。格经理走上二楼，连连地和人们打招呼，看着满饭庄的贵客，格经理又摇了摇头。

"即使你今天宣告我们德士古分行设在紫竹大街，这些人也不会记在心里的。"格经理抱怨地对侯大爷说。

侯大爷闹不明白他老爹葫芦里卖的什么药,就只是请格经理入席,有什么事情且看下回分解。

一番寒暄之后,众人纷纷入席,这时候侯大爷在一旁向格经理一一介绍入座的客人:"那位穿长袍的,是天津市政厅土地司的司长;那位戴眼镜的,是市政厅的主办秘书;他旁边那位胖子,是警察局局长;坐在胖子旁边的那个老头儿,是市长助理;驼背的那个老头儿,是税务局局长……"

"哦,哦,全都是官方人士。"格经理连连地点头说着。

虽然心里也知道今天侯老太爷请来这么多的官方人士一定是为了开设德士古分行的事,可是就连侯大爷也猜不透他老爹到底要和这些人物说些什么事情。开设分行,官方不会阻挠,选个地址,天津市政当局也不会干涉,何以侯老太爷要把这些人请来,还要宴请他们一番呢?

不明白,真是闹不明白了。

"列位父母官大人,"举起酒杯,侯老太爷向着众人拱手作了一个大揖,开始说话了,"今天承蒙各位大人赏脸，老夫我不胜荣幸，想来诸位也已经知道，德士古油行想在天津开设一个分行，经营石油生意，种种的事情呢，已经由我儿子和德士古方面的代表谈得差不多了，现在就只有一个选址的事还在犹豫。地点已经选在了紫竹大街，就是这地方太僻静，分行开张之后，怕人们不知道紫竹大街上有这么一个德士古分行。"

"那好办，几时分行开张，把紫竹大街改名叫德士古大街好了。"土地司司长一杯酒下肚，当即就说出了一个好主意。

"如此，我就拜托了。"说着，侯老太爷向土地司司长施了一个大礼，然后饮酒吃肉，事情就算是办妥了。

这一下，格经理看呆了，他举着酒杯，半天没说话，一双眼睛呆呆地看着侯老太爷和土地司司长发愣，他简直不敢相信刚才在自己面前发生的一切，怎么只一句话就把一条紫竹大街改名叫德士古大街了呢？中国的事情怎么就这样容易呢？

"喝酒，喝酒，喝酒！"事情办妥，侯老太爷高高兴兴地开始招呼朋友们喝酒了。

"你们家的老爷子真是有办法,上海人去德士古,得先说去哈同公园,以后天津人去德士古油行,只说去德士古大街就行了,痛快,痛快,你们中国人真有办法。"发了一阵呆,格经理明白过来,立即向侯大爷赞叹地说着。

"这不算什么难事,莫说是改一条马路,你就是想把天津卫改成德士古城,在天津,咱们侯姓人家一句话也能把事情办了。格经理,和侯姓人家做生意,你就放心吧。"侯大爷看着老爹如此有办法,立即就洋洋得意地对格经理说着。

"佩服,佩服!"格经理终于长了见识,连连点头,表示心中对侯老太爷的钦敬。

"格大人。"格经理刚闹明白眼前发生的变化,突然胖胖的警察局局长向着格经理喊了一声。

"您在和我说话?"格经理极有礼貌地站起身来向警察局局长问着。

"初次见面,格大人有什么事情尽管吩咐。我是警察局的局长,我父亲和侯老太爷是老世交,只等德士古分行开张之后,我在德士古大街两头多设下两个岗,不三不四的车子,不让它进。"

"哎呀!不敢不敢。"格经理连连摇双手向警察局局长说,"德士古不过一个商行,绝不敢在异国摆这样的威风,我们只是商人。"说着,格经理额上流下了汗珠,到底没见过大世面,他已经有点坐不住了。

"税务方面有什么事情,格经理只管说话。"警察局局长的话音才落,税务局局长就向格经理说起了话来。"我们税务局,就看账面,格经理只管放心,德士古方面的事情,我一定另有关照……"

"哦哦,德士古只知道遵守法规。"慌慌失失,格经理已经是汗流浃背了。

下 篇

　　回到家来,侯氏父子很是为侯姓人家在天津卫的非凡神通得意洋洋,莫看他英国德士古石油公司财力雄厚,可是至今还不见英国有一条德士古大街。英国各个城市的市政当局,只知道向德士古收税,还制定出种种的法"猴"着德士古;如今到了中国,到了天津卫,让格赛先生大开眼界。市政当局乖乖地由侯姓人家左右,一桌酒席,上百年的紫竹大街改了街名叫德士古大街,而且税务局局长还暗示,只要是账面上查不出来,还可以偷税漏税。我的天,英国商人在他们本国做生意,事事小心谨慎,还时时挨整,如今到了中国,到了天津,连市政当局都出来给德士古撑腰了,一旦德士古油行天津分行开张,那不就成了天津卫的第二市政厅了吗?长见识吧,爷们儿。

得意欣喜之余，侯氏父子又说到了开设分行的事，如今看来已经是万事俱备、只欠东风了，而且格经理明天就要乘船离津回国述职，只等格经理回去向董事会提出报告，董事会自会批准德士古油行天津分行正式开张，到那时，满天津卫大街上流着大洋钱，就哗哗地往咱们侯家大院流了，过不了几年，半个天津卫就是侯姓人家的天下了。

越想越得意，越想越来神，想着未来的一番兴旺，父子两个已经是飘飘欲仙了。

"好！"侯老太爷满面春风，高高兴兴地对儿子说道："看你这些年在家里做吃饭虫，我还担心你日后不会有什么出息了，如今旗开得胜，马到成功，我儿真是非凡的人才呀。"

"父亲大人夸奖了。"侯大爷谦虚地说着，"光靠儿子的辛苦，自然也能和英国佬一番周旋，可是到了节骨眼儿，还得靠父亲大人的威风呀。"

"相得益彰，相得益彰，哈哈哈哈。"说着，侯老太爷开心地笑了。

"只有一点小事，我还犯嘀咕。"正在侯老太爷得意之时,侯大爷突然想起了一桩事情,摇了摇头对他老爹说。

"嘛事你还没有把握?"侯老太爷向他儿子问着。

"广州的'皱巴',能和格经理合作,是因为'皱巴'家里在英国的汇丰银号有一笔存款,咱们家虽然底厚,可是在英国没有存款……"

"不就是一个钱吗?好办,这个'格涩'先生不是明天回英国吗?今天晚上咱就去回拜,为他送行,我还得给他吃一颗定心丸。这次,你看我的吧,莫看你冲锋陷阵,到了时候,还得老将出马,姜,就是老的辣呀。哈哈哈哈。"说罢,侯老太爷又开怀地笑了。

"您老给他吃嘛定心丸?"侯大爷不解地向老爹问着。

"到时候你就知道了。"侯老太爷胸有成竹地回答着儿子说,"他不就是看咱在汇丰银号没有存款,担心咱没有经济保证吗?存款算嘛?咱中国人不讲存款,咱讲根底,嘛叫根底?金银细软?那都是浮财,大河里的流水,一会儿的工夫,就流走了。咱侯姓人家凭嘛在天津卫横行无阻?咱家根基厚,光是国宝,就有好几件,一会儿咱送给'格涩'先生一件,也让他知道知道咱们侯姓人家的威风。走。"说着,侯老太爷拉着儿子就看望"格涩"先生去了。

当然,侯老太爷随身还带来了一件国宝,就凭着这件国宝,莫说是和德士古做生意,就是说侯姓人家要买半个英国,你"格涩"先生都不敢怀疑侯姓人家的经济实力。

侯老太爷给"格涩"先生带去的是哪一件国宝?

说出来吓你一跳,柳如是砚。

柳如是砚,珍贵文物,是前朝名媛柳如是女士用过的一方砚台。柳如是何许人?尽人皆知,是明朝的一位名妓,后来跟了名士钱谦益,两个人结为伉俪,由此留下了风流佳人和倜傥才子的一段佳话。柳如是女士,颇有才学,爱好泼墨书法,倘那时候有美术家协会和书法家协会,柳如是女士就能获得双重的身份,说不定还能混上个常务理事当当,再加上柳如是女士还写过不少的诗词,参加全国作协,那是顺理成章的事情,弄个全委呀什么的玩玩,那就看人家柳如是女士有没有雅兴了。

当然,柳如是女士早在三百年前就死了,不知道算是流芳、还是遗臭,反正就是死了。柳如是女士自己没有生养,她的遗物就流到民间了,据说其中被人看好收藏的只有两件东西,一件是柳如是女士用过的镜子,世称是巾帽镜,镜子背面刻着四句诗:"官看巾帽整,妾映点妆成;照日菱花出,临池满月生。"吹嘘她长得如花似月,和钱谦益老儿一起过,有点委屈。

柳如是女士留在人间的第二件宝物,就是这方柳如是砚了。此为一方桃砚,形状和桃子相似,而且镂成桃形,看着煞是好看。砚边也有铭文,是一首柳如是写给钱谦益的情诗,类若"哥哥你岸上走,小妹妹我坐船头"之类,读着颇是感人。

柳如是砚不光是一般的国宝,它还是一件铭刻着爱国精神的宝物。据传,明亡之时,钱谦益问柳如是自己应该怎么办,立即,柳如是拾笔就写下了一个字,请注意,柳如是就是蘸着这方宝砚里的墨汁写的字,而且只写了一个字:"节"。其用意在于告诉钱谦益,人生在世以名节为第一重要,如今改朝换代,前朝的旧臣当以身殉节,如此才可以流芳千古。

只是钱谦益不肯死,他看了看柳如是写下的那个"节"字,摇了摇头,当即,就对柳如是说:"城国可倾,佳人难得;情深,则义可不顾也。"为了爱情,不顾名节,人家钱谦益就活下来了。

有过这一段佳话,你说说这柳如是砚是不是一件国宝?

一番准备,侯氏父子抱着这一方柳如是砚,径直来到英租界。

见到格经理,侯老太爷自然又是一番寒暄。说到开设德士古油行天津分行的事,格经理非常高兴地对侯氏父子说道:"德士古公司能够在天津找到如此强大的合作伙伴,我本人对于未来的生意充满信心。"

"将紫竹大街改名德士古大街的事,格经理看到了,天津卫就是我们侯姓人家的天下,从今之后,也就是咱们德士古的天下了。"

"不敢,不敢,我们德士古只想在天津做生意,从来没有想过要占领什么地方。"格经理慌忙向侯老太爷解释着说。

"经商嘛,不占城邦,占市场。"侯老太爷的儿子侯大爷一旁向格经理说着。

"就是,就是,我们只占领市场。"格经理连连点头说。

"占领城邦靠征战,占领市场靠竞争。"侯老太爷说。

"也斯也斯……"侯老太爷言简意赅,格经理自是表示领教。

"格经理将于明日返国述职,老夫我有一件小小的礼物,烦请格经理转赠给德士古董事会,以表示老夫我对德士古的一点信赖。"

"感谢,感谢,十分感谢,本人代表德士古董事会向侯老太爷再次表示感谢。"格经理满面欢喜地向侯老太爷说着,并且做好接受礼品的准备。"格涩"先生以为,礼品嘛,不过就是一件工艺品罢了,譬如是一个泥人,或者是一个中国的风筝呀什么的,所以神态也就不那么庄重。

侯老太爷才说过话,立即,侯大爷就打开随身带来的一个小包袱,从中取出柳如是砚,向格经理送了过去。

"这是什么东西？"格经理看了看柳如是砚，问道。

"砚。"侯大爷回答着说。

"有什么用处？"格经理还是向侯大爷问着。

"写字。"侯大爷呆板地回答。

"我们英国人写字不用这种石头。"格经理也是呆板地向侯大爷说着。

"这怎么只是一种写字的用具呢？"在一旁的侯老太爷忙着向格经理解释，"中国读书人，大多以文房四宝为雅好，文房四宝之中，以砚为上品。"侯老太爷向格经理介绍关于砚的学问，"尤其是这方宝砚，它不仅仅是一件艺术品，更是一件珍贵的文物。这方宝砚上系结着一桩感天动地的故事，一位刚烈的女子，劝她的丈夫殉国……"

"那和这块石头有什么关系呢？"格经理眨了眨眼睛向侯老太爷问着。

"有关系的呀。"侯老太爷眉飞色舞地介绍，"那位刚烈的女人，就是蘸着这方宝砚的墨汁，写下了劝她丈夫殉国的一个'节'字。"

"哦！"格经理大吃一惊地走了过来，极是细心地端详着这方柳如是砚,似是想在这方宝砚上寻找当年柳如是握笔蘸墨的痕迹。看了半天,虽然没有看出任何迹象,但他还是惊叹不已地向侯老太爷说道:"了不起,了不起,中国真是一个具有古老文明的伟大国家。我们英国曾经有过一位公主,悄悄地爱上了侠客罗宾汉。她给罗宾汉写情书的那支鹅毛笔,早就被视为是国家文物了,普通人连看一眼的福气,那都是没有的。"

"我们中国和贵国不一样,中国的许多文物,都是在民间珍藏的。"侯老太爷得意地说。

"只是,只是,这样珍贵的文物,侯老太爷为什么要送给德士古油行的董事会呢?"格经理看了一会儿柳如是砚,抬头问侯老太爷。

"凭着这方宝砚,德士古董事会自然就会知道格经理此次来华,已经是旗开得胜,马到成功了。而且,凭着这方宝砚,董事会也应该相信我们侯姓人家的雄厚经济实力,商业上也就会更有信心了。"

"哦哦。"格经理连声应着,一时不知道应该如何回答是好。

"家父以国宝相赠德士古董事会，只希望董事会能够相信,我们具有足够的经济实力和德士古方面合作……"在一旁的侯大爷更是向格经理说着。

　　"不对,不对。"格经理连连摇着脑袋瓜子向侯氏父子说,"我们德士古油行来天津开办分行,只是想在天津卖石油，我们一不想在天津设立什么德士古大街,二不想在做生意的时候偷税漏税,三不想攫取中国的文物。你们侯姓人家有国宝,我们德士古没有国宝,你想拿你们的国宝换我们的石油,那是万万办不到的。二位侯先生,你们还是回去吧,这德士古油行天津分行的事情,也就拉倒了,我们再不敢到你们天津来办什么分行了。拜拜,明天我就要回国去了,回去之后,我要向董事会报告,天津太可怕了,他们把我这样的一个商人,当成了皇室成员,当着我的面把一条马路改成了德士古大街，还告诉我做生意可以偷税漏税,并且还把一件国宝送给了我。日后,倘若侯氏父子到我们英国来,逼着我们把伦敦的泰晤士河改名叫侯老太爷大河,还指名要我们英国公主给罗宾汉写信用过的那支鹅毛笔,凭我们小小的一个德士古,还真没有那么大的能耐。二位侯大人，我们小小德士古一个石油公司，实在担不起这番抬举，上不了这么高的台面，你们还是早早找大字号联营去吧。咱们拜拜了您哪，我也该睡觉了。"

不容分说，格经理一使劲，就把侯氏父子从房里推出来了。

侯氏父子被格经理推了出来，一直走到大街上，他们也没闹明白是发生了什么事情，好好的，眼看着事情已经就要办妥了，地名也改了，礼品也送到了，怎么他倒翻车，不开设德士古油行天津分号了呢？

唉，这是怎么一回事呢？

侯氏父子百思不得其解，最后，侯老太爷骂两个字，才算把事情解释清楚：

"格涩。"

此言不谬，英国人就是"格涩"。

糊涂老太

前　言

在讲述糊涂老太的故事之前,先要说说府佑大街的来历。

对于老天津卫的府佑大街,细心的读者也许已经有些了解了,因为《府佑大街纪事》作为一个系列小说,有些篇章已经在一些报刊上发表过了。这里作者再做一次简要的赘述,是怕有些读者没有读过那些小说,不了解作品的社会背景,于是对于作品的主题也就不好把握,来日写批判稿的时候,也就抓不着要领。

"文化大革命"交代"罪行"的时候,我曾经向革命群众交代过,府佑大街为什么叫府佑大街,就是因为这条大街中间的那个大宅院,是原来直隶总督的总督府。府,也就是相当于现在的河北省省政府大院。那时候,直隶府设在天津,人们把直隶总督府所在的这条大街，称为是府署街，而府佑大街就是总督府右边的这条大街。但是，对于我的交代，革命群众很不满意，他们不仅说我狡辩，还说我放屁，幸亏那时候我脾气好，若是换了现在，我非得和他们打起来不可。

那么，这条大街究竟为什么就叫府佑大街了呢？据革命群众内查外调之后回来说，这条大街之所以叫府佑大街，就是因为在这条大街的中间，有我们侯姓人家的一处大宅院，那时候我们侯姓人家是天津卫的一霸，于是人们就把我们老侯家右边的这条大街，叫作府佑大街。

前几年到常熟，参观翁同龢的旧居，翁老先生生前是光绪皇帝的教师，他们家又是状元府第，我想他们家右边的大街一定也叫作府佑大街了。可是到那里一看，不是那么一回事，原来常熟的翁同龢府第就是在一条很窄很窄的里弄里，而那条里弄也不叫府佑里，更不叫府佑巷。如此看来，说天津卫的府佑大街是因为这条大街的中间有我们侯姓人家的大宅院，就未免是有点言过其实了。当然若是换了现在，有人这样"炒"我，我一定是非常感谢他的，因为如此一"炒"，我就算是名门出身了,名片上也就敢印上是某某某人的第多少多少代孙了。可是我再一查《辞海》,侯姓没出过大人物,《全唐诗》里那么多诗人,没有一个大诗人姓侯。拉倒了,咱也就别高攀了。

书归正传,列位看官请了——

上 篇

　　侯家大院南院里的侯七奶奶，是有名的糊涂老太。

　　糊涂老太上午说："别看我已经是六十岁的人了，可我心里明白着呢！"你听，侯七奶奶还知道自己今年已经是六十岁的人了。可是用过午饭之后，侯七奶奶倒在枕头上和她的儿子说话，说着说着，就说道："自从过了七十，这精气神就一天比不得一天了。"你听，才半天的时间，她就长了十岁。再到了晚上，人们把侯七奶奶拉到牌桌上来，想从她手里赢过几个钱来，她才往牌桌上一坐，就对着众人说："过了年，我就应该是五十八了，庆八不庆九，明年的寿日，你们可是要给我好好庆贺一番的呀！"如此一说，侯七奶奶是越活越年轻了，再到了明天，她就该返老还童了。

　　到底侯七奶奶今年多大年纪？这，除了她自己不清楚之外,侯家大院里的人没有人不知道她今年应该是七十二岁。可是只要你一对她说"您老人家今年七十二岁",她一准和你"抬杠"。有时候,她会问你:"怎么,我才七十二岁?"表示她认为自己的年龄应该超过七十二岁;可是也有的时候,她还会反问你:"你说什么?我都七十二岁了?是说我应该把日月交给你们过了,没门儿,我还能管些年呢。"

侯七奶奶糊涂到了这般地步。为什么全侯家大院里的人还敬重着她?很简单,她的"位儿"正。顾名思义,我们侯七奶奶是我们侯七太爷的正室夫人,侯七奶奶从十八岁过门,至今,天知道她在侯家大院里度过了多少春秋?而且,侯七奶奶从一过门,就管家理财,侯家人南院里的一切,全都是她一个人说了算。她说今天上午吃面条,全家人就要一起吃面条;她说今天下午还要吃面条,全家人又要一起吃面条;她又说明天上午吃面条,全家人明天上午还要一起吃面条;她再说明天下午吃面条,全家人就更要一起吃面条。最高纪录,侯家大院南院里一家人,一连吃了四十八顿面条。

一连吃过了四十八顿面条之后,糊涂老太噗嗤一声笑了:"我让你们挑饭食不好!"你瞧,她装糊涂不是?就是这样,她也还是一个好老太。为什么?她人缘儿好。

　　说到侯七奶奶的人缘儿好,那才真是远近闻名了呢。不光是南院里的人全说侯七奶奶的好话,东院、西院和我们正院里的人也全都说侯七奶奶的人缘儿好;反正这样说吧,从侯七奶奶一嫁到侯姓人家来,她在侯家大院里做的每一件事,全都是造福众人的,而且做起好事,她是先人后己,或者是只人不己,应该说我们侯七奶奶那才是"先侯家大院之忧而忧,后侯家大院之乐而乐"了。

　　一年四季,先从春天说起,冬去春来,一家人才刚刚换下冬衣,南院里的侯七奶奶就各房各院里全问到了;今年谁想去什么地方看看,那时候没有"旅游"这个词,那时候说是"走百病",每年的春天,大家到外面走一走,就把一年的灾病全走掉了。当然,有侯七奶奶出钱,有侯七奶奶安排,谁还会放弃这个好机会呢?于是你说去苏杭,他说去京城,一个一个地就全报上来了计划。未过几天，南院里传过话来，说请各房各院的婶婶、姑姑做好准备，无论谁想去什么地方，都已经准备停当了。就这样，到了这一天，几辆车子把想出门的人全送到了车站，又送上了火车，只是火车一开，众人才惊呼错了，侯七奶奶把想去苏杭的人送上了去北京的火车，而又把想去北京的人送上了开往南方的火车。"哎呀，咱们这位侯七奶奶怎么就这样糊涂呢？"由此，侯七奶奶落下了一个糊涂的美名。

到了夏天，搭凉棚，摆鲜花，侯七奶奶又搞了个乱七八糟。就说我们正院里的事吧，我奶奶说要搭个花玻璃的凉棚，结果侯七奶奶派下人找来棚铺的师傅，一搭，就搭了一个光玻璃凉棚。花玻璃凉棚呢？搭到东院去了。东院里本来阳光就暗，再搭个花玻璃凉棚，光线不是更暗了吗？问到侯七奶奶，侯七奶奶说："怎么又是我弄错了呢？"

再说摆鲜花，那就更惹人生气了。其实还是侯七奶奶主动过来向我奶奶问过的，我奶奶说摆些茉莉，晚上也飘些花香。结果花窖里却送来了好几盆仙人掌，全都是刺儿。我们这院里的孩子又多，弄不好，哪个孩子就哭着跑回来了,说是一不小心被仙人掌刺疼了。这时,我奶奶就说,又不稀罕她那一点钱,自己告诉花窖一声,要什么鲜花没有?第二年,侯七奶奶再过来问想摆什么鲜花,我奶奶就对她说,今年就不摆鲜花了,大少奶奶娘家的老人春上才过世,咱们家也素一些吧。

这次,侯七奶奶没记错,果然就没过来送鲜花。

侯七奶奶怎么就这样糊涂呢?我奶奶说她是装糊涂。她又想买个好人缘儿,又舍不得花钱,于是就故意出错,出一次错,弄得人极是扫兴,下次人们就再不找她了,她也就省下这笔开销了。

本来,侯家大院里的人,是不计较开销的,无论是南院、北院,还是东院、西院,祖辈上留下来的产业,都足够后辈们花些日子的;只要是不出孽障,几辈人不出去做事,也不会愁吃穿的。当然,如果是出孽障,那就另当别论了,一辈人里出一个孽障,就能把几辈人挣下的家当全"造"光了。到那时,你侯七奶奶再装糊涂,也是无济于事,败家了,完了。

果然如此,侯七奶奶糊涂了几次,各房各院里"走百病"、搭凉棚、摆鲜花的事,就又回到我们正院这边来了。我爷爷说没关系的,只要后辈人知道努力,正常开支过日子,几笔开销,是花不穷的。我爷爷说得有道理:一个家庭,每个人都能自食其力,祖辈上再留下一点财富,这样,日子就会越过越红火;一个家庭的败落,必是败在一个"造"字上,用一个现代词汇,那就是"折腾",莫说是一个家庭,就是一个地球,如果大家看着一个人折腾不管,那用不了多少时间,咱们这个地球也就要被他折腾穷了。

信哉斯言。

那么,南院里侯七奶奶家又是如何被折腾穷的呢?那是后话,先说说侯七奶奶的糊涂征候。

天知道侯七奶奶是真糊涂,还是假糊涂。也许一开始她是装糊涂,可是一旦尝到了装糊涂的甜头,她就越来越学着装糊涂了;久而久之,糊涂就成了她的思维定式,这时候,就是你想再让她明白,她也是明白不过来了。这也和做坏事一样,一开始做,也许是想吓唬吓唬别人,可是一到做坏事得逞,并由此得了便宜的时候,他就开始一桩一桩做起坏事来了;到最后,做坏事成了他的行为规范,此时,你再想让他做好事,他已经是做不来了。这种事有没有?诸君明鉴,大家自己去想吧。

但是,到底糊涂和做坏事不一样:做坏事损人利己,而糊涂则是让别人得便宜,使自己吃亏;若是光自己占便宜,那就不是糊涂了。我有一位好友,每次见面都对我说:"林老哥,你真是糊涂呀,官儿让人家做了,好房子让人家住了,汽车让人家坐了,如今直到退休,你一点好处也没得到,天天还这样傻乐呵,觉得自己活得怪不错的。你说说,你这是多糊涂呀。"这时我就对朋友说:"官儿,是人家不让我做,好房子也是人家不让我住,至于汽车,那是因为里面的座位太少,而且就是人家一个人坐的时候,人家也是嫌坐多了人气味不佳,这一切,都不是以人的意志为转移的。可是不做官,不住好房子,不坐汽车,难道就不能乐呵乐呵吗?正因为如此,咱才更要乐呵乐呵哩。有分教,这叫傻丫头照镜子——自己哄着自己乐。"

吃了亏,不生气,对于这种人,那就没办法了。

说到我们的侯七奶奶,她就是吃了亏不生气的人，而且还总是一个人乐乐呵呵，由此，大家说她糊涂，也就不足为奇了。

侯七奶奶是怎么吃亏不生气的呢？

头一宗，侯七奶奶过门的第五年，侯七太爷讨了一个"小"，侯七奶奶就没有生气。当然，我们侯七太爷也不是那种喜新厌旧的人，再说他讨的这位"小"也不是什么天仙美女。侯七太爷讨"小"，理由只有一个，那就是我们的侯七奶奶不生养，过门五年没开怀。这一下，侯七太爷着急了。侯七太爷万贯的家财，没有后辈，将来传给谁呢？无可奈何，侯七太爷和侯七奶奶一说，侯七奶奶就同意了，也没有任何条件，还是侯七奶奶一手操办，就给侯七太爷讨了一个"小"。也是人家这位"小"争气，进得门来，旗开得胜"哪、哪"两响，一连生下了两个儿子。这一下侯七太爷乐了，立下字据，要将这位"小"收为偏室。也就是说，把这位"小"收认为妾。收认为妾有什么好处？就是有了名分，活着是侯姓人家的人，死了也是侯姓人家的鬼，祖宗坟茔里有她的一个穴位。

娘"小"儿不"小"，就算这两个孩子是庶出，可是从一生下来，人家就享受侯姓人家正根正叶的待遇，上上下下，谁也不敢慢待。再加上侯七太爷把这两个儿子视如心肝儿宝贝儿，没有多少日子，侯七太爷就把侯七奶奶忘到一边儿去了。你说说，到这时，侯七奶奶该不该生气？

侯七奶奶没生气。

侯七奶奶不但没生气，她还把这两个宝贝儿子接到自己的房里来，每天王孙公子般地奉养着他们。大儿子天成专有一个奶妈照看，二儿子宝成又专有一个奶妈照看，吃饭穿衣，侯七奶奶每天亲自躬问，稍有不适，侯七奶奶就把那位"小"支出去，自己坐在儿子的床旁守候。大儿子天成出天花，一连七七四十九天，侯七奶奶一直没合眼；二儿子宝成出天花，侯七奶奶又是一连七七四十九天没合眼，感动得侯七太爷逢人就说侯七奶奶的好话，他说，就连这两个孩子的亲生母，也不像侯七奶奶这样上心，"这样好的人，举世无双了"。

侯七太爷讨了个"小"，一连生了两个儿子，侯七奶奶没生气；于是天公作美，就在天成长到十岁，宝成长到八岁的时候，也不知是怎么着，天地人这么一和，我们的侯七奶奶也怀孕了，而且更是天公作美，侯七奶奶也生下了一个大胖小子。侯七太爷自然乐得不得了，自己总算是有了嫡出的儿子了。侯七奶奶倒不以为然，觉得自己没有什么贡献，还是一如既往地对天成、宝成亲得和亲娘一样。可是万万没有想到，侯七奶奶生下了一个儿子，却把先侯七奶奶生下了两个儿子的那位"小"给气死了，若不怎么就说她是"小"呢？"小"，就是气量小，好像这天下就只许她一个人生儿子似的，她生下了两个儿子，人家侯七奶奶没生气，怎么人家只生下了一个，她就气得活不下了呢？活不下去没有办法，人家不能因为你生气就不生孩子。这样，没过多少日子，这位"小"竟然一命呜呼了。

侯七太爷的"小"过世之后，家里有人就担心，说这次天成、宝成该受气了，原来侯七奶奶没生养，自然就拿庶出的两个孩子当亲生儿子看待，如今人家自己生了儿子，而且天成、宝成的母亲又过世了，天知道侯七奶奶会如何对待前边的两个孩子。

但是，过了几年之后，人们放心了，看到侯七奶奶对天成、宝成不仅没有一点慢待，反而比过去更加疼爱，相比之下，倒是对她自己的儿子玉成，有的地方照顾得不够好，为此侯七太爷还说过侯七奶奶："玉成是你的亲生儿子，怎么反而对他冷淡呢？真是太糊涂了。"

有时候孩子哭，普天之下，小孩哪里有不哭的道理呢？于是全家上下就变着法儿地哄着小天成笑，只要是能把小天成哄笑了，无论花多少钱，侯七奶奶都不心疼。

也是天成成全大家，从生下来到如今，二十岁了，总共也没哭过两回，头一次哭，那是没办法的事了，他才从娘肚子里钻出来，哭一声也算是办了报到的手续；第二次哭是喂奶时"呛"着了，为此侯七奶奶辞退了一个奶妈。从此之后，小天成就再也没有哭过，一天到晚总是乐呵呵的，无论谁看见这孩子，全说这孩子天生一副福相。

侯天成长到七岁时，应该读书了，这时我们的侯七太爷把儿子叫到书房里来，把一册《三字经》放在书桌上。也是人家侯天成的一点灵性，一看见书，立即眼泪就在眼圈里打转转了。不好，侯天成要哭，消息传到侯七奶奶那里，"这是谁难为我们老大呀？"一句话发落下来，侯七太爷立即把《三字经》收起来了。

不读书，如何识字呢？有办法，侯七奶奶发现她家的老大爱听评书，侯家大院旁边，也就是府佑大街正中，有一家书场，天津卫有名的说书艺人，成本大部地在书场里说《水浒》《隋唐》。侯家大院虽然平时门户紧闭，可是小天成走过二道门之后，嘴一噘、看着要哭，看门的老人就再不敢拦他了。也知道他不会到远处去，放出大门，再看着他进了书场，看门的老佣人，也就放心了。

条条大路通罗马，侯天成就是从听书开始识字的，到了十来岁的时候，侯天成无师自通，也能看书看报了。"到底是书香门第，不用上学，自己就识字了。"侯七奶奶对于自己的教育方法极是满意，逢人就夸她家的老大天资聪颖。

侯天成从听说书而开蒙，多多少少也有了一点知识，到了十七八岁的时候，人家侯天成又对韵文发生了兴趣。这倒不是说侯天成喜好上了诗词歌赋，而是喜欢上了曲艺、大鼓书。

天津卫，是中国曲艺的故乡，而且二三十年代，更是天津曲艺的极盛时期，那时候天津的曲艺明星，也和后来的歌星、影星一样，走到哪里都有人追着围观，只是那时候不兴什么签名留念，也不懂得握手致意，人们看见曲艺明星，就是远远地向他们喊一声"老板"罢了，以表示对他们的崇敬。

侯天成听评书，就在自己家附近的书场里听，可要听曲艺，那就得到戏院里去了。天津专演曲艺的戏院有好几家，一家叫天华景，一个叫小梨园，全都是说得过去的大戏院，和梅兰芳、马连良唱戏的中国大戏院一样阔气。天津人把演曲艺的戏院叫杂耍园子，听起来有点下里巴人的味道，可是，每天到杂耍园子来听曲艺的人，往上说有民国下野的政客、有名震遐迩的富贾乡绅；往下说有引车卖浆者之流，也有食不果腹的城市贫民。三教九流，在天津卫，有钱的和没钱的全都爱听曲艺。

侯天成进杂耍园子，当然是头排正桌，看仔细，不是头排正座，而是头排正桌。这就是杂耍园子与戏院的不同了，戏院里有包厢，有前排、后排，杂耍园子里没有包厢,头三排是三排桌子,三排桌子后面是散座,而再后就是一条一条的长板凳了,往板凳后边,还有地方,那就是站着听了,有分教,那叫站票。

侯天成去天华景听曲艺,最初是被书场里的人领去的,一起听说书的一个小爷告诉侯天成,去天华景听曲艺,那可是比坐在书场里听说书的"劲头子"大多啦。好,说去就去,回到家里抓上一把票子,侯天成就往天华景去了。

侯天成才走进天华景戏院,立马,天华景戏院的经理就迎了上来。

"哎呀,承蒙侯大公子屈尊光临,真使天华景戏院四壁生辉了。只是我们这里实在是地方太小了,只怕是委屈了侯大公子,头排正桌,那是给直隶总督府留的座位,正好今天总督府没有人来,侯大公子就委屈一天先在那里就座吧。"

本来,天华景的经理还要向侯公子说些致歉的话,可是侯天成一伸胳膊,一下子,就把天华景的经理推到一旁去了。侯天成怎么就这样对天华景的经理不客气呢?也不是他财大气粗,只是他一迈进天华景戏院的大门，就见舞台上一位姑娘正在演唱梅花大鼓，那甜甜的唱腔，那迷人的花容月貌，一下子就迷住了。

侯天成自己也不知道是怎样被人领到座位上的，至于茶房送上来的香茶和干鲜果品，侯天成就一点也没看见了，他只是向坐在旁边桌子后边的一位老清客连连问着："这个唱玩意儿的姑娘叫嘛？"

"小天仙。"旁边的老清客回答。

"她唱的是嘛？"侯天成又问。

"梅花大鼓。"

"这是唱的哪一段？"侯天成第一次进天华景，对于曲艺一无所知，自然听不出小天仙唱的是哪一个段子了。

"《宝玉探晴雯》。"

"告诉她从头唱，前边的，我没听见。"

"侯大公子吩咐，小天仙《宝玉探晴雯》重唱开篇。"领班的一声吆喝，丝竹侍候，小天仙重新击鼓按板，从头唱起。

一曲《宝玉探晴雯》唱罢，"好！"侯天成一高兴，赏，一掏，就从口袋里掏出来了四十块钱。

"小天仙领赏呀！"领班的一声吆喝，小天仙的爸爸，也就是给小天仙架弦儿的大麻脸走下台来，低头一看，咕咚，他就给侯天成跪下了。

"谢谢侯大公子重赏，我们爷儿俩欠了两年的房钱，这一下就全还清了。"

"嘛叫房钱？"侯天成当即向大麻脸问道。

"房钱，就是我们租着人家的房子住，要按月交房钱。"

"怎么？住房还要钱？"侯天成问着，表示不可理解，"那就再给你四十元，连后两年的房钱也一起交上好了。"说着，侯天成又掏出来四十元。

侯天成听一次小天仙，花了八十元大洋，从十八岁，一直听到二十岁，天知道侯天成在小天仙身上花掉了多少钱。

只是，侯天成终于到了该成家的时候，侯七奶奶给她的宝贝儿子相上了一门亲，父母之命难违，侯天成结婚了。

侯七奶奶给她老大说的这门亲事，女方父亲是一位老世医，这位姑娘年龄是大了些，比侯天成大四岁，也引荐着两人见了面,侯天成也没表示反对;只是到了结婚的时候,侯七奶奶主张大事操办,倒是侯天成说最近以来时兴旅行结婚,侯七奶奶怕不答应侯天成的要求,他又要哭,于是无可奈何,就让他们旅行结婚去了。

侯天成旅行结婚回来,一进门,侯七奶奶一把将她的新儿媳妇拉了过来,上上下下地打量了好一阵时间,侯七奶奶这才对她的新儿媳妇说道:"唉哟,你可是比我上次见到你的时候俊多了, 怎么才几天的时间,你就出息得跟天仙一样了呢?"

侯七奶奶好眼力,这位儿媳妇儿,就是小天仙。

婆媳二人行过了见面大礼之后,侯七奶奶向她的儿媳妇儿问道:"你家老人还坐堂吧?"侯七奶奶还记得对方的老爹是一位老世医。

"坐堂,精神大着呢!"小天仙回答婆婆说,她老爹还是给她架弦。

"续弦了吗?"侯七奶奶记得,这位姑娘早年丧母,一直和爹相依为命,所以就向她问问,她老爹又续娶后老伴儿了没有。

"前些日子倒是断了一次弦儿，不过早就续上了。"小天仙回答着婆婆说。

"续上弦就好，若不，只老人一个人在家，连一点声音也没有。"侯七奶奶宽慰地说着。

"是呀，虽说没人唱了吧，可是自己弹弹弦儿，也能解解闷儿的。"小天仙对婆婆说着。

"这就好，这就好。"侯七奶奶连声地说着。

……

"岂有此理！"

听说南院里的侯天成娶了一个唱梅花大鼓的女艺人小天仙，正院里的我爷爷气得暴跳如雷，提着拐杖，噔噔噔，一阵风，就闯进到南院来了，找到他的七弟，也就是侯七太爷，劈头盖脸，问道：

"你知道你家大儿子娶的媳妇是什么人吗？"我爷爷瞪着一对眼睛向他的七弟质问着。

"三哥，你先坐下，有话慢慢说。"我爷爷虽然在他们那一辈排行第三，可是前面的两个哥哥全不管事，所以家族里的事，全都是我爷爷说了算。

"你还让我坐下？我嫌你院里的椅子太脏。"说着，我爷爷抡起拐杖就在一张椅子上戳了一下。

"三哥，我也是没有办法呀。"侯七太爷几乎是央求地向我爷爷说着。

"亏了你也是书香门第的后人，怎么就让你儿子娶了一个唱玩意儿的艺人呢？"

"这全是他母亲做的主，原说是一位老世医的女儿的。"侯七太爷摇着一双手向我爷爷解释着说。

"这就叫偷梁换柱，瞒天过海，以假乱真，一手遮天，换成大白话，这就叫调包儿。"我爷爷对这类事深恶痛绝，一口气就做出了高度的概括。

"只怪我把他宠起来了，如今再想管，也管不住了。"侯七太爷无可奈何地对我爷爷说。

"我不管你管得了儿子、还是管不了儿子，反正侯家大院不能留她。"我爷爷又一跺脚，就算是做出了最后的裁决，随后一甩手，就从南院走出来了。果然是我爷爷的话算数，没过多少时间，侯天成就带着他的小天仙从侯家大院搬出去了。搬到哪里去了呢？搬到一家大公馆去了。

侯天成对他老娘说，他要出去做生意。他老娘一听大儿子居然要出去做事，自然是高兴得不得了，先是嘱咐他做生意不要把利看得太重，家里又不指望你养活，好歹做点什么事，也就是为了"占"着身子，免得正院里的三爷爷总说咱们院里的孩子不成器；而且在外面做生意，一定不要太过于操心，年纪轻轻的，万不可累坏了身子，天成是咱们南院里的顶梁柱，来日还要靠天成当家做主呢。

"老娘放心，儿子遵命就是。"说罢，侯天成就离开侯家大院搬到他的公馆去了。搬到公馆之后，鱼儿得了水，侯天成和他的小天仙全都自由了，在侯家大院里住了才不到一个月，早就把小天仙憋得险些发了疯，搬到新公馆之后，才换下衣服，小天仙放开嗓子就唱了一句："这一位贾宝玉，来到了大观园里。"

"好！"立马，公馆外面就有人喊了一声好。

为了给侯天成买这一处新公馆，侯七太爷花了多少钱？谁也不知道。好在有小天仙在身边，侯天成到底不会再到天华景花钱去了，好歹也省下了一笔开销。可是按照专家的分析，这天下的艺术本来是相通的，喜欢读小说的人，就帕喜欢读诗，喜欢文学的人，也常常喜欢音乐。果然此言不谬,侯天成虽然有小天仙在家里天天为他唱梅花大鼓,可是才过了半个月,侯天成又喜欢上京韵大鼓了。从此侯天成又每天往天华景跑,听了一段,再听一段,每天花在听京韵大鼓上的钱,比当初花在小天仙身上的钱还多。

花销大,怎么办呢?回家向老娘要呗。见到老娘,先把眼泪挤出来。老娘一看儿子要哭,立马就往外掏钱:"哎呀,做生意哪里有一帆风顺的?头一次赔了不要紧,赚大钱的日子在后头呢。"

要多少?两万。侯七太爷总共才有多少钱呀?

就老大侯天成在他的新公馆里听小天仙唱梅花大鼓、又去天华景听京韵大鼓的时候,老二侯宝成也长大成人了,糊涂老太见他的二儿子也到了成家的年龄, 就对二儿子说:"我给你大哥找了一个好媳妇儿,一定要给你找一个更好的媳妇儿。"

谁料老二侯宝成一听,先"噗嗤"一声地笑了:"老娘,你真是老糊涂了,怎么还要给我说亲呢?我不是早在去年经你老人家包办,已经定下亲事了吗?"

"哟?我怎么就想不起来了呢?"糊涂老太一拍脑

门儿,无论如何也想不起来了。

嘻,无论是谁保的媒吧,既然已经是定下了亲,丑媳妇儿总要见公婆,那就领来见一见吧。定好了日子,侯宝成果然领来了一位如花似玉的女子,见到糊涂老太,跪在地上就磕头,"婆婆在上,请受媳妇一拜。"规矩板眼还都说得过去,认下了,糊涂老太就又有二儿媳妇儿。

"也是一户有钱人家吧?"糊涂老太向她的二儿媳妇儿问道。

"钱多着呢,一堆一堆的。"侯宝成替他媳妇回答。

"家里是做什么生意的?"糊涂老太向二儿媳妇儿问着。

"不做生意,做东。"二儿媳妇儿抢着回答。

听出点眉目了吗?二儿媳妇儿的老爹做"东"——开赌场。

"快禀告正院里的三爷爷,就说我们南院里的二儿媳妇儿娘家开钱庄。噢,我想起来了,是保过这门亲,正泰钱庄的老东家有一个女儿,我是说给谁家的二儿子了?哎呀,我怎么也糊涂了呢?就是想不起来了。"

"那还想什么呀？不就是说给我了吗？"侯宝成摇着母亲的肩膀说着。

"唉,你瞧,我真是老糊涂了,干脆,定个日子,你们就成亲吧。"

如此,侯宝成就结婚了。

侯宝成有出息,他认为做一个男人,就要天马行空,为所欲为。他最看不起他哥哥,每天只听一个女人唱。重要的在于参与,侯宝成什么事情都要参与。

宝成第一件参与的事,是吃,鸡鸭鱼肉、山珍海馐,什么好吃吃什么;而且不是一个人吃,是拉上一群狐朋狗友一起吃,上午是登瀛楼饭庄,下午是起士林餐厅,每天吃得脑满肠肥,如今才到二十岁,他已经是大腹便便要走不动了。宝成第二件参与的事,是喝,喝什么？当然是喝酒。喝酒能花几个钱？就算是侯宝成每天都喝茅台、五粮液,也喝不穷他的老爹。可是人家侯宝成不喝中国老酒,人家侯宝成喝"八国联军"酒。什么叫作是"八国联军"酒呢？就是每天要喝八种洋酒,法国的香槟,苏格兰的威士忌,英国的白兰地,还有意大利的葡萄酒,等等。这种喝"八国联军"酒的行为，到了后来改名叫喝"联合国"，在下我在北京饭店看见过一位正在喝"联合国"的阔少，一席酒，就用掉了老汉我十年的工资，还加上政府特殊贡献津贴。

侯宝成参与的第三种游戏，顺理成章，自然就是嫖了，说到"嫖"字，嫖过的和没有嫖过的，全知道是怎么一回事，这里就不再赘述了。那么侯宝成参与的第四种游戏呢？何必再问，就是一个赌了。不赌，侯宝成何以会娶下一个做东的赌场老板的女儿呢？

侯宝成自生下来之后，就天资聪颖，心计过人，他一直认为，普天之下，没有他的对手。"我一看，就知道是怎么一回事。"这是侯宝成的口头禅，他把任何人都不放在眼里。也是该他走运，才下赌场没多少日子，他赢到手的钱就已经是成千上万了。旗开得胜，越赌越得意，越赌胆越大，如今一下赌就是千儿八百，三十五十的小玩闹，早就不哄他们玩了。

侯宝成有了钱，不等什么三爷爷、四爷爷说话，自己就先在外面买了公馆，而且在公馆里引来同类，一起过上了花天酒地的生活。

下　篇

　　大儿子在外面"做生意"，二儿子和他的泰山大人一起"开钱庄"，按理说，南院的侯七太爷的日子应该一天比一天过得红火；可是说来也怪，就是在侯七太爷的两个儿子在外面"发财"的时候，侯七爷的脸上却总是罩着阴云。"有两个儿子在外面打天下，你还有什么犯愁的事？咱老两口就等着享福吧。"侯七奶奶对她的老头子说着，"若是说还有犯愁的事，我看到是小三儿让人操心，虽说是在高等工科学校读书吧，可是读出来又能有什么出息？"

　　"说的就是么。"侯七太爷沉着一副面孔，"读工科学校，毕业出来顶多也就是到一个什么地方去给人家当技师罢了，咱们家的孩子，怎么受得了那种苦？出去做官吧，他没有那么高的资历，做生意又比不得他的大哥,开钱庄他也没有后台,反正这样说吧,我宁肯养他一辈子,也不让他出去侍候人。"

侯七太爷和侯七奶奶糊涂老太说得极是,最让她操心的,还是她的亲生儿子小三儿。那时候没有几家正式的中学,小玉成上到小学毕业,又进了两年敬业学堂,然后就考进高等工科学校读书去了。过去读工科学校的,大多是平民子弟,富家子弟一学经商,二学法律,三学军政,出来之后必是富贾巨绅、高官显贵;而工科学校出来的学生,就只能当个小技师,和苦力们一起,每天给人家上班做事了。侯七太爷和糊涂老太望子成龙,他们为侯玉成的前途担心,也是合情合理的事。

工科学校的学生一律要住在学校里,小玉成从十五岁就离开了家,一个星期才能回家一趟,再加上小玉成从生下来就没在家里待过多少时间,所以,他对父母的感情是很淡很淡的。

小玉成对父母没有多少感情,却对他的奶奶感情极深。因为小玉成生下的时候,侯七太爷到庙里去讨过一个签,偏偏又是一个下下签,上面刻着四个字:

"三子不全。"其实呢,这是一句玩笑话,"三子不全"绝不是说三个儿子当中必得死一个,这里的"三子"指的是一个人的胡子、银子和官帽子,"三子不全"就是劝人不可贪求过高:胡子长的人,也就是长寿的人未必就有钱,而有钱的人,也未必就一定做官,所以这三"子"之中,不可能全部由一个人占着。而侯七太爷对于"三子不全"却又有一番解释,他说这个签明明是暗示自己,他的三个儿子不可能"全"到底。于是,为了保住小三儿的一条性命,侯七太爷和侯七奶奶一起商量,当即就做出决定,把这个小三儿送到乡下去认了一个干娘。

小玉成的干娘,是一穷苦的乡下女子,人们叫她陈娘。陈娘一连生了四个丫头,一直也没生过儿子,这样,四条桌子腿,支着一张桌子面儿,小玉成到了陈家,就一定能够保住了。

小玉成在陈家长到七岁,到小玉成回到侯家大院来的时候,简直就成了一个乡下孩子了。侯家大院高高的青瓦房,一个没看住,小玉成就爬到房上去了,急得侯七太爷拿糖豆在下面引他下来,还招呼仆人来,为小玉成支好了梯子。就这样，小玉成从房上下来的时候，也是不用梯子，一蹦两蹦，就从房上跳下来了，直吓得全家老小一起大声惊叫。

虽然小玉成到了七岁才回到侯家大院来，可是侯七太爷心上那个"三子不全"的疙瘩，还是没有解开，怎么办？侯七奶奶生玉成的时候，已经是四十多岁，再生个小四儿，搭不上末班车了。想来想去没有办法，侯七奶奶灵机一动，就从陈家把陈娘家的二女儿接到府里来，这一下，才"冲"了"三子不全"的忌讳。

陈娘家的二女儿，名叫二妞，带进到侯家大院里来的时候，才只有七岁，这孩子瓜子儿脸，元宝嘴，说话带着三分笑，谁见了都喜欢。各房各院里的奶奶们，全都喜欢把二妞接过去说话，说只要是二妞一过来，院里立时就有了喜庆。二妞的身上带着人缘儿。

侯七奶奶自然也是积善人家出身，二妞虽然出身贫寒，陈娘把二妞送到侯家大院来的时候，也说过让侯七奶奶把她看作是一个小丫鬟使唤，但侯七奶奶从来没有慢待过二妞，小玉成什么待遇，二妞就是什么待遇，吃饭时也是一张桌子上坐，穿衣也是夏有单，冬有棉。所不同的,只是小二妞夏不穿绸,冬不穿裘罢了,此外,小二妞和侯姓人家的孩子们几乎没有任何区别。

如果一定要说侯七奶奶对于二妞也还有一点不同的话,那就是到侯玉成上学的时候,侯七奶奶没有送二妞进学校。这倒也不是什么剥削压迫之类的行径,那时候也只是大户人家的小姐,才进学校读书的,侯七奶奶不送二妞进学校,也算不得是什么罪恶。

倒是小二妞这孩子天资过人,小玉成在学校里学到的功课,小二妞不用到学校去,就全会了。怎么会的呢?小玉成晚上做功课,小二妞和小玉成在一起,听着小玉成读书,小二妞就也跟着识字了。这样,到了小玉成小学毕业,小二妞的文化水平,也同时达到了小学毕业的程度。

为了怕小二妞想家,每年暑假、寒假,侯七奶奶把小二妞和小玉成一起送到乡下去住,到了开学的时候,两个人再一起回来,一直到玉成上了两年中学,又进过了敬业学堂,再到考上高等工科,这时候,小玉成和小二妞已经是十七八岁的人了。

事情就出在糊涂老太过于糊涂上面了，年轻人，又是青梅竹马，到了年龄就应该疏远些了才是，可是侯七奶奶压根儿就没想过这两个孩子都已经开始成人了，到了侯玉成在高等工科读书的时候，暑假时，还是两个人一起回到乡下去住，倒是人家陈娘觉得孩子大了，在乡下不让两个孩子一起出去，凡是两个孩子在一起的时候，陈娘就寸步不离。后来陈娘对外人说："若不是门第高些，我也就成全两个孩子了，可是人家侯姓人家是天津的大户，我们是穷苦的乡下人；再说人家是主，我们是仆，吓死我们也不敢高攀这门亲呀！"当然，那时候陈娘一点也不知道，自己做一个老贫农其实是非常光荣的事，她目光短浅，觉悟实在太低了。

到了玉成高等工科毕业的前一年，侯七奶奶发现，自己的儿子也到了成家的年龄，发挥自己的所长，侯七奶奶在适龄的女青年中一找，终于给自己的亲生儿子找到了一位美貌的才女。她也没和玉成商量，一言既出，驷马难追，侯七奶奶就给她的亲生儿子把亲事说定了。

换帖子,送彩礼,收拾新房,订日子。一天晚上,侯玉成从学校回到家,看见院里停着一顶花轿。玉成高兴地跑进老娘的上房,拉住老娘就问:"娘,这又是给谁娶媳妇儿呀?"

"傻小子,给别人娶媳妇儿,能把花轿停到咱们院里来吗?快去试试新衣服吧,这是给你办喜事呀!

"娘,你说什么,你要给我娶媳妇儿?"侯玉成瞪圆了一双眼睛。

"怎么,你不娶媳妇儿?"糊涂老太更是瞪圆了一双眼睛。

"娘!"侯玉成几乎是大喊一声,返身就跑出去了。

老年间的规矩,办喜事,娶媳妇儿,花轿要先在男方的家里停三天,这叫"晒轿",表示新做成的花轿,还没有干透,一定要先晒上一些日子,然后才能把新娘娶过门来。糊涂老太心想,等玉成回到家来的时候,再和他说也为时不晚。到了该成家年龄的男子,哪里有不想娶媳妇儿的?

偏偏这个玉成读书读得糊涂了,他看见花轿不仅不高兴,反而回头就跑。跑,你又能跑到哪里去?没过多久，糊涂老太就又派人把玉成唤到自己的房里来了。

"儿呀，"糊涂老太语重心长地对自己的儿子说，"我给你的两个哥哥娶下了好媳妇儿，一定给你娶一个最好的媳妇儿，说起来你也认识，女方是天津的首富人家，女儿又长得如花似玉，你也一定见过，每年我过生日的时候，这孩子都随她的父母到咱们家来，人人都夸她相貌长得俊呢。"

"娘，我不娶媳妇儿。"侯玉成噘着嘴巴。

"你打一辈子光棍呀？"糊涂老太问她的儿子。

玉成不答话，只是拧着眉头坐着。

"不是娘事先不和你商量，娘是想让你得一次喜出望外的惊喜。"

"娘，您真糊涂呀！"侯玉成跺着脚说着。

"怎么，我给你保下了这么好的亲，你还说我糊涂。"侯七奶奶不高兴了，"你不是不知道这户人家在天津的财势，多少户人家想高攀还高攀不上呢，光看你老爹的面子，人家还不肯下嫁到咱们家来呢。是看在你三伯伯在美孚油行做事的面子上，才说成这门亲的,玉成,你好大的福气呀!"

"我不同意!"侯玉成斩钉截铁地说着。

"怎么,给你娶媳妇儿,还得你同意?你就别嘴硬了,等娶过门来一看,你就同意了。去去去,别和我要疯了,明天就要做新郎官了,该洗洗换换的,自己收拾收拾去吧。"

"娘!"小玉成没有办法,只是大声地喊了一声"娘",回头,他就跑出去了。

糊涂老太知道自己的小玉成有出息,不像他的两个哥哥,听说娶媳妇,就美得屁颠儿屁颠儿的,一时的不好意思,很快就会过去的,真到了花轿抬进门,不信他还真就不认账。

主意拿定,糊涂老太侯七奶奶还是按自己的计划行事。

只是到了第二天,天还没有放亮,忽然有人跑来向糊涂老太报告说,侯玉成不见了。"怎么着?他真插上翅膀飞走了吗?"高高的院墙,糊涂老太又吩咐过门户当心,就不信他儿子有穿房越脊的功夫。

找!找过了南院,找北院,再找过西院、东院、小跨院、佛堂、下房、荷花缸、煤堆后边，都没有。"哦，明白了。"糊涂老太终于明白过来了，小玉成会爬树，一定是攀着后院里那棵老槐树爬过墙头，逃跑了。

侯玉成逃婚，险些没把他老娘气得发了疯，派出各路兵马，满天津卫搜寻，一点踪影也没有，再到乡下陈娘家去找，说玉成找不到了。陈娘立即就哭成了一个泪人儿，跑到庙里去烧了一炷香："老天爷，你可保佑着我们玉成平平安安的吧。"陈娘把玉成看得和自己的亲生儿子一样，带上她家二妞，两个人就一起来到天津，帮助糊涂老太料理家务事来了。

侯家大院可真是乱作一团了，人家女方还等着花轿迎娶新娘呢。怎么办？糊涂老太亲自来到北院，找到我爷爷，又是哭又是闹地向我爷爷央求，请我爷爷出面去向女方致歉。这是只致歉就能了结的事吗？我爷爷找来大律师袁渊圆。这位大律师袁渊圆，就是我在许多小说中都提到过的那位能把抢劫说成是募捐的大讼棍。袁渊圆一听，立即就有了主意，在报上登下个声明："忤逆小子侯玉成违抗父命，自登报日起，将其逐出族门，今后侯玉成在外一切行为，概与侯姓府第无涉。"云云。

这一着果然有效，女方见到报纸，不等侯家来人致歉，人家主动就派人找到侯家大院退婚来了。为什么？人家姑娘嫁的是侯姓人家，如今这个侯玉成不是侯家的人了，人家自然也就不嫁了。

事情虽然是办清了，可是糊涂老太却被她的亲生儿子气病了，幸亏有陈娘和二妞在身边侍候，整整养了一年的时间，才糊里糊涂地又要开始给人保亲了。

尾声

　　侯玉成出走的第三年，侯七太爷去世，他的两个儿子侯天成和侯宝成，两个人串通一气，把他老爹的财产全都霸占过去了，只给侯七奶奶留下了一个小跨院，一个人在院里过着极是清苦的日子。没过多少日子，侯天成在外面挥霍，侯宝成在外面赌博，侯七太爷留下的那点财产，就全被这两个儿子"造"光了。"造"光了怎么办？卖房，侯家大院的南院，从此被切下来了，侯七奶奶也成了无家可归的人了。

　　侯七奶奶没有地方好去，我母亲心好，就把侯七奶奶接到我们正院来了，每天陪着我奶奶一起说话，有时候，老妯娌们还凑到一起玩纸牌。

　　侯七奶奶在我们北院住到第二年的时候，一天下午，我们家来了一个年轻人。这年轻人虎背熊腰，穿着笔挺的西装,好大的气派,明明是一个做大事业的人物。

"娘!"

侯玉成一进门,就扑到他老娘的怀里,拉着糊涂老太的手喊"亲娘",糊涂老太也是太糊涂,竟然把脸转过去,还生气地对侯玉成说:"你不是我的儿子,我不认你。"

"娘,你好糊涂呀!"侯玉成握着他娘的手着急地说,"您的亲生儿子如今已经在社会上自立成人了,您怎么还不认我呢？"

侯玉成对他母亲说,自从他出走之后,很快就以工科学校高才生的资格,在久大碱厂得到了一个技师的职位,久大的技师自然比不得久大的董事,只整天在车间里和工人们一起工作,尽管收入也还可观,可是算不得是社会名流。抛头露面的,还是那些什么事情也不做的公子哥儿们。侯玉成在久大干了这许多年,报上也没登过他一张照片。

如今侯玉成听说母亲被两个哥哥遗弃,由三伯伯家的大嫂收养,只在北院里住着,这才回到家来,要把糊涂老太接出去。

"我不去，你不是我的儿子，我不跟你走。"糊涂老太还是不肯认侯玉成，只摇着一双手，对侯玉成说着。

我母亲呢，当然不好说话，劝糊涂老太认下侯玉成吧，好像我母亲容不下糊涂老太似的；不放糊涂老太跟侯玉成走吧，可是来日糊涂老太又如何交代？想来想去，我母亲就把人们都从屋里"支"出去，关上房门，和糊涂老太说了一阵知心话。

我母亲对糊涂老太说："婶婆婆，您下的这几着棋，着着都对。您早就看出，让玉成留在这个家里，必会被他两个哥哥带坏，所以早早地，就把他送到乡下，这样小玉成才长成了一个有志气的孩子。您也看出来了，侯七太爷去世之后，天成和宝成必要霸占侯七太爷留下的财产，所以您也才早早地逼着小玉成走上自立的道路。您是早就看出来了，这个大家族是没有指望了，老七爷又不让孩子出去做事，小玉成毕业之后，就是留在家里，待老七爷去世之后，这份财产也分不到你们母子的头上；倒不如早早地让玉成出去，给自己闯一条生路，这样他才有了今天。回过头来，您再看看天成和宝成，一个一个不是早就变成败家精了吗？卖房的钱早就花光了，如今侯天成住在一个小店里，侯宝成早就不知去向了。婶婆婆，您是一个有心计的人，您早就把事情看破了，我也要向您学，绝不能让孩子毁在这个家里，早早地让他们自立，来日才有出路。"

经我母亲这么一说，糊涂老太再也不糊涂了，她收拾收拾，就跟着侯玉成走了。侯家大院里再和她没有了一点牵缠，她和她的儿子过好日子去了。

这里，还要再交代一句，后来糊涂老太又给她的亲生儿子侯玉成保了一门亲，女方就是二妞。我母亲后来对我们说：人人都说糊涂老太糊涂，其实她是装糊涂。

天津胖子

1

天津卫出胖子。

天津胖子有三大特点：一是胖得早，外地人一般是过了四十岁开始发胖，天津人凡是胖子，大多从二十岁发福；有的还更早，从十岁左右就成了小胖墩；自然还有天生的胖子，刚出生就十多斤。二是胖子多，到底天津卫有多少胖子，地方志上从没有过准确的记载，但是天津的娃娃没事时坐在门外石头上唯一的乐事，便是数胖子，笔者幼时也曾和小伙伴们挤在一起，一边啃玉米一边数胖子，一只玉米吃完，从面前走去走来的胖子保准比玉米粒多。第三个特点，天津胖子胖得邪乎，胖到四层下巴四层肚子，胖到站着、倒着一样高，胖到一条裤子腰肥比裤长尺寸还宽，胖到满身的白肉活赛是凉粉儿似的，光哆嗦。

确确实实,按照阶级分析的学说,胖子多属于富贵阶层,穷苦人中发胖的极少。路上跑的胶皮车,总是胖子坐在车上,由干瘦干瘦的车夫拉着车跑。当然,劳苦大众之中也不会一个胖子也没有,那些扛河坝、做脚行、拉小祥儿的,其中体重在二百斤以上的,也大有人在。干重活的爱发胖,因为吃得多。一顿午饭,得二斤大饼,一斤酱牛肉,一尺多长卷成个大筒子,一边拉祥儿一边吃,这叫"吹喇叭"。一只大喇叭吹完,愣把肚皮撑得滚圆梆硬,一鼓作气,几千斤上万斤重的地排子车一步一吆喝地走出几十里路。收工后又是四两白干酒、半扇大猪头肉,你说说,能不长成大胖子吗?

　　只是,干苦力活、吃猪头肉养出来的胖子是黑胖子,长年让太阳晒着脊梁,皮肤晒得比地皮黑。这类黑胖子越胖越受人歧视,走在路上总要弓着腰,大买卖大饭庄大洗澡塘子全都不敢进,活在世上就欠着三分理,在天津卫只是人下人。

　　如今要说的是白胖子。细皮嫩肉,白肚皮白脸盘,夏天一身白纺罗裤褂,白绸子手帕,白裤腰带白袜子,太阳光底下,圆圆滚滚的一个大白肉疙瘩,走在路上,谁都要多看他一眼，容貌上带着十分的福相，天津人称这号爷是"尚人见禧"，大小店铺全招呼这号爷赏脸进去闲坐。店铺坐着这位爷，生意立刻就兴隆三分，明明胜过供一位佛爷，凭这位爷在店铺里坐多长时间，掌柜陪着说多长时间的话都乐意，伙计们一杯一杯地轮番敬茶，午饭单有厨师献个"巧儿"，单独加个小菜，晚上更是大宴招待，临走时还得全班先生送到门外，鞠躬作揖再三致谢，最后一起恭请明日光临。你瞧，这胖，明明成了一种造化。维新以来，天津卫许多土白胖子，乔装打扮，变成了洋白胖子。这一来可就更风光了，白西装、白衬衣、白领带、白丝袜子、白尖皮鞋、白手杖，白金色框的眼镜，头顶雪白硬壳英国绅士帽，再加上腰间的白皮腰带、白手绢，白得活赛个大白糖疙瘩。再有钱，坐上自家的胶皮车，白遮阳车帐子，穿一衣白袄白裤的车夫，马路中间扬长而过，堪称是天津一景，连洋毛子看着都挑大拇指。哎呀，可了不得，真是给中国人争光露脸了。

2

　　三十多岁的王学礼,是天津卫白胖子阶层中首屈
一指的人物。

　　王学礼体重多少?不知道。人们只称他是王胖子,
有时候尊称为胖先生、胖爷,家里人称他为胖祖宗。胖
祖宗六岁的时候过了一次秤,欠四两不足六十斤,从
此之后二十多年再也没有称过体重。为什么不称体
重?不吉利。人又不是猪,不等着杀了卖肉,没事总称
体重干嘛?

　　何况赫赫有名的王府又是地地道道的官宦人家。
公元一九零零年八国联军攻占天津城,适值王胖子的
先父大人王老爷就任天津府衙门的首席阁僚,天津府
道台大人见了洋人说话结巴,一切与洋人交涉、一切
安抚顺民的事全是王老爷一手经办的。本来凭天津陷

寇时期王老爷护佑一方的功德,袁世凯日后建都统衙门时是必有重赏的,只是王老爷敌视西方蛮夷,尤其对夷人的野蛮行径深恶痛绝,天不成全,王老爷竟因被洋人"取影"而一气身亡了。

那一日,德国统帅府有要事要面示王老爷。王老爷身为一方父母的全权代表,身着官服,头戴朝冠,八抬大轿抬着,出了府衙门直奔海光寺德国统帅府而去。到了德国营盘,德军统帅早站在门外恭候,王老爷下得轿来,双手述礼。德国统帅敬军礼,王老爷抱拳作揖,也算没让蛮夷之辈占什么便宜。谁料这位德国统帅见王老爷一身穿戴有趣,一定要借王老爷的朝冠朝服穿会儿过一阵瘾。王老爷再三向德国统帅明示这冠服不可借穿的道理,但人家德国统帅率先将自己镶金佩银的大军服送了过来,无可奈何,王老爷只能将朝冠朝服脱下来给了德国统帅,又由随从侍候着穿上了德国军装,顶上长羽毛司令帽,佩上军刀,乱七八糟的就一时间出息成了一个人物。恰这时,德国统帅已朝服朝冠地打扮停当,一步便站到了王老爷的身边,王老爷刚要催促德国统帅此举尽可休矣,谁料"噗"地一声，明明是天上落下来一个大火球，冷不丁半空中爆了一下，再抬头，正看见一个鬼子兵举着相匣子半跪在德国统帅和王老爷对面，洋洋得意，他早把王老爷的影给取走了。

"洋毛子把我的影取走了。"失魂落魄，王老爷回到家来，一头倒在炕上，就再也不省人事了。找来名医，服了不知多少人参鹿茸，只是这被取了影的人，就如同被摄走了魂魄一样。洋鬼子取人影的相机，是挖了童子的眼睛制成的影纸，这样才能从人的身上取走他的影，这可比鬼怪故事里的掏心喝血厉害多了。横祸飞来，王老爷竟因被洋人取影而身染重病，未及月余便乘鹤而去了。

只可怜小王学礼那时只有八岁，滚圆的身子比六岁时的六十斤又长了分量，为给他缝制孝服，足用了二丈白布。

及至王胖子长大成人，天津卫早盖起了一片小洋楼。小洋楼的最大特征，就是洋味儿洋派儿洋讲究洋摆设洋玩意儿洋症候洋毛病洋德行。吃饭有了洋饭馆，中国人叫饭馆，洋人叫餐厅，一改中国饭馆人声鼎沸的火爆气派,洋餐厅里玩的是鸦雀无声:经理致礼侍客不出声,博依摆菜送酒不出声,走路不出声,落座不出声,吃饭也不出声。偶尔太太小姐们龇龇牙,人们看得出来确实是比哭好看,那叫笑;洋大人洋先生们喊喊喳喳咕咕噜噜地唠叨,你以为是老友叙旧,其实正在私下里约会去哪儿决斗。反正这洋餐厅就是一个雅静。王学礼因为体胖,进了中国饭馆就出汗,所以最喜欢进洋餐厅。洋餐厅有洋名号,什么维格多利、起士林、雅各鲁布……《尚书》《礼记》里都查不出讲究,玩的是"格涩"。卖的东西比外边贵二十倍,一只茶鸡蛋,城里卖三分钱,维格多利把这只鸡蛋煮到六成熟,放在一只银托架上,再给你一只小银勺把蛋敲碎了皮,一点一点地挖着吃,要你一元二毛,发的就是这份黑心财。

王学礼有的是钱。他老爹为护佑七十二沽黎民,没少从七十二沽黎民身上刮油水,刮得七十二沽黎民除了七十二沽之外一无所有,多少年后想起可爱的家乡来只有美丽风光,别的无论什么吃的穿的玩的都和黎民无干。王学礼有了钱便要享用,他到底不是乡下老财，一分钱也要铺展平了折好收起来留给子孙后辈。王学礼信奉的处世哲学叫"一辈刮，一辈花，上辈子花完，下辈子再刮"，偏让王学礼赶在了花的这辈上，所以他才不必再挖空心思地去刮。

王学礼花钱，花得杂乱无章，没有谁能说清楚王府里的财势有多大，所以王学礼只知有钱，不知有数。王学礼小时候玩蛐蛐，一天晚上他忽然发现喂蛐蛐的豆芽发得变了颜色，当即便自作主张派一个扫院子的小仆佣到外边去买些新鲜的豆芽儿。他回到房里，抓来一张票子，顺势就交给了那个扫院子的小男佣人，这个小男佣还算厚道，不多时便给王学礼买回来了一包新鲜豆芽儿，随后立即转身跑到账房请了个长假，铺盖都没要就回家乡去了。日后传来消息说，那个小男佣拿王学礼交给他买豆芽儿剩下的钱，回乡买了四十亩良田，没几年工夫已成为一方首富了。王府里管账的先生找到王学礼，问他给了那个小男佣多少钱，王学礼眨眨眼睛回答说："就一张。"我的天爷，你知那是一张多大的银票吗？一万！一亩良田多不过才二百元呀。

王学礼有钱,但王学礼并不亲手花钱,他认为花钱简直就是受罪,自己吃的穿的玩的一样也不缺,干嘛还要兜里揣着钞票去买东西?与其每天到世上去花钱,还不如关在家里读书有趣。王学礼多少有些天资,更懂得"少壮不努力,老大徒伤悲"的道理,趁着年轻时光,好歹要学点学问。王学礼幼时在自家的学馆里学旧学,经史子集、诗词歌赋地浪费了不少精力。不知怎的,王学礼也看出了新学振兴的趋势,走出家门,成了敬业学堂的一名学生,上午学习英文汉文,下午学习数理化,学得倒也有些兴趣。

　　王学礼一心想做个新派人物,来敬业堂读书,一点不摆阔气。如果说他也有一点小小的特殊,那就是中午由仆佣接出去吃午饭。敬业学堂有大饭,学生们中午集体包餐,王学礼人胖嘴馋胃口刁,大饭堂的饭吃不习惯,再加上家里的老娘也不放心,所以每天中午一定要派人把学礼接出来,到一家饭庄用饭。这一来,侍候王学礼吃午饭的仆人,可比上学的王学礼要紧张多了,早早地准十点赶到饭庄,按照府上王老太太的旨意,给王学礼订好中午的饭菜,中午十二时之前备好车子,等在敬业学堂大门之外。见王学礼从敬业学堂出来,仆佣们返身引路便走,还不能让学堂看出王学礼中午吃饭有仆佣在校门外等候。走出一千步,几个仆佣将王学礼连抱带塞放到车里,一溜小跑径直到了饭庄。进得饭庄,忙洗脸用茶,一道凉菜、一道热菜地侍候得小爷吃得舒舒服服,然后用茶、消汗,再按原路将王学礼送回敬业学堂,前前后后是一个半钟头的时光,你说说忙也不忙?

王学礼中午在饭庄吃的什么饭菜?王学礼自己也说不清楚,反正有滋有味。为王学礼操办午饭的饭庄老板,待到王学礼两年后离开敬业学堂时,用自己从王家赚的钱把原饭庄推倒,原地起高楼,办起了天津卫最大的一家饭庄。

王学礼离开敬业学堂,进了大沽口海军大学。王学礼自己不想当官,他老娘更是一听到那个"军"字就全身发抖,但是没办法,那是海军大学校董袁世凯亲自到敬业学堂选材把王学礼选中的。袁世凯为准备自己来日称帝,先要创办军校造就人才,大沽口海军大学只收学员二十名,而且每一位都要由袁世凯亲自选拔。何以袁世凯一眼就看中了王学礼？胖。袁世凯说他和西洋各国的海军大臣打了不知多少交道，唯一的印象就是那些海军大臣个个都胖，胖得不可理解，就闹不明白一个人怎么会长那么多的肉，也闹不明白一个爷们儿的肚子何以就会养得那么大？常言说宰相肚里能撑船，此言不谬，英、法、德、俄各国的海军大臣，人人的肚里都能装一艘大轮船。而且说来也怪，那些胖大臣聚到一块儿，谁胖，大家就服谁，胖就是威风，胖就是能耐，胖就是造化，有大胖子在，二胖子就得垂手肃立，大胖子说一，二胖子不敢说二。此中究竟是什么道理，连胖子们自己都说不清楚。

海军大学的学员，是按照炮舰舰长、海军大臣来培养的，一个学员有一个仆人，专门侍候他吃喝起居，好从一开始就培养这些人会"摆谱儿"。海军大学的学员们自己不扫地，不收拾房间，不铺床，不脱衣，不打水，一切都由校方专门配置的佣人侍候。海军大学的学员们穿衣时只知道伸胳膊，待佣人为自己穿好衣服之后，再腆起肚来等着佣人系扣儿。衣服上有一个褶儿，鞋子上有一星尘土，都拿佣人是问，对佣人可以呵斥,可以骂,造就的是浑不讲理的气势。王学礼进海军大学,如鱼得水,海军大学的功课重,王学礼天资也好,半年时光过来已经知道轮船要在海里浮,而且海里有水,水里有鱼,人掉进海里便会被淹死的种种道理。此外,王学礼在海军大学里很快便学会了喝酒、吸烟、推牌九、打麻将、学会了跳舞、打桥牌、轮盘赌、打弹子,以及种种能和洋人玩到一处的本领。

袁世凯称帝失败,海军大学解散,海军大学的学员们各奔东西作鸟兽散。王学礼呢?他没有回天津,他到德国留学去了。

"我的天爷!"王老太太哭成了一个泪人儿,"他不会说德国话,吃不惯德国饭,孤身一人去了德国,怎么受得了?"但是王学礼还是走了,因为德国的博士值钱,德国有个日耳曼大学,学成之后回到中国,民国政府起码封个省长。王学礼的老爹念了一辈子书,最后连个道台也不是,王学礼只要留洋镀一层金,回来便是总督。老太太虽然舍不得儿子,但想到来日的光宗耀祖,也就只能送儿子去了。谁让天将降大任于斯人哉呢。

"子爵号"远洋客船停靠在万国老铁桥旁边的万国码头，王学礼穿着黑色大礼服，披着黑色大斗篷，头顶黑色大礼帽，手持黑色文明杖，做出门远游状，气宇轩昂地乘着一辆马车而来。送行的有挂着两行鼻涕两行泪儿的王老太太，王姓人家的全体成员和远近亲朋，还有王学礼在敬业学堂的旧日同窗，有天津市政厅、国民参政会的诸位贤达，还有富贾名绅宿儒遗老，大家全为天津卫出了个胸怀大志的王学礼而倍觉骄傲。欢送会开得好生隆重，英租界工部局出的洋鼓洋号，法租界助兴派来了名媛淑女，万国码头上真是好一番风光。先是天津市参政会会长致辞送行，后是各界代表相继讲话，最后王学礼挥泪别故土。汽笛一声长鸣，"啊呀"一声惊天动地，王老太太眼看着轮船缓缓离岸哭得不省人事。"母亲保重！"轮船甲板上王学礼千嘱托万叮嘱，终于不忍目睹，一个急转身背过脸去。此时岸上高唱"今日里别故乡，横渡过太平洋。肩膀上责任重，手掌里事业强"，王学礼已是随船去了。

"子爵号"远洋客船沿海河直奔渤海而去，船行了约莫一个小时在塘沽码头靠岸。此时王学礼从特等舱走出来,向身边另外一个胖子询问道:"到了?"那另一个胖子回答说:"到了。"于是这二位胖子把礼帽拉下来,趁着人上人下的乱乎劲走下"子爵号",一溜烟儿,就一齐钻到一辆早备在码头外等候的轿子马车里去了。

为王学礼精心安排留学德国的另一名胖子,名叫华有德,年龄与王学礼相仿,是王学礼在维格多利舞厅里认识的一个闲人。华有德虽也出身名门,但家境败落已是一贫如洗。天津卫是专门养闲人的地方,这华有德便凭着一身白肉,一副少爷享福神态,便结交了一些阔少、恶少、狗少,跟着他们一起花天酒地,活得颇是开心。

"德国?我不去!"那是在海军大学散伙之初,王学礼正百无聊赖地泡舞厅打发日子的时候,陪他在舞厅里消磨时光的华有德给他出了个留学德国的主意。话刚刚出口,便被王学礼迎头撞了回来。

"哎呀,老哥哥,你若是不去德国,那可是太委屈自己了。"华有德还一个劲地撺掇着说,"你是一副帝王之相呀,连袁世凯都看中你,要造就你当海军大臣,你若是不在政界上求发旺，才是白来一世呢。"

"少跟我劝道，我吃不惯德国饭，嘛菜里都搁洋葱，我腻味那个味儿。"王学礼不耐烦地说道，一双眼睛正盯着舞池里一名俄国舞女。这个年方十八的俄国舞女当今正走红，陪舞一曲，大洋四百元。

"哎哟，老哥哥，能让你吃德国洋葱吗?红烧鲤鱼，鸭子鱼翅，一品的山东大席。"华有德眨着诡诈的小眼睛，神秘莫测地说着。

"带厨子，我也不去，德国有嘛？不就是起士林吗？"起士林是个人名，原是德皇威廉二世的点心师，天津开德租界，起士林来到天津开了个西餐厅，王学礼关于德国的知识，全都是从起士林餐厅学来的。

"咱爷们儿去德国留学，还用得着上德国去吗？"华有德极是神秘地往下说。

这时一支舞曲终了，舞伴们纷纷回到自己的座位上，王学礼一双眼睛跟着那个俄国舞女转，正好那个俄国舞女回过头来冲着王学礼笑，王学礼心里一哆嗦，早抛下华有德，满面春风地找那个俄国舞女跳舞去了。

终于,华有德鼓动三寸不烂之舌,且一番精巧安排,最后硬是把"德国"搬到了塘沽,然后又送王学礼到设在塘沽的"德国"留学去了。

此中,大相士鬼谷子还立下了汗马功劳。这位鬼谷子在北京坐堂看相,神机妙算吃的是皇亲国戚的饭。当年老佛爷选溥仪来宫中读书,据传闻就是鬼谷子给看的命相,鬼谷子有言在先,两个字:"三三。"三三,九也。九者,久也,大清天下从此长治久安了;但在这里鬼谷子另有埋伏,小皇帝三岁登基,在位三年,这一个三,再一个三之后,小皇帝便"久"下去了,从此再无出头之日。

鬼谷子坐堂北京,每年春秋两季到天津小住,主要是来给天津卫各界英豪看看命相。每次鬼谷子来津之前,早有他的在津弟子为他排好日程,一日徐府晤面,二日靳宅问安,自然全是些在朝在野的显赫人物。但鬼谷子到天津,唯一一处不由弟子安排的私访,便是来王府里给老太太请安。论起来,王老太太是鬼谷子的师母。王老先生在世时,鬼谷子死皮赖脸地泡在王老太爷的书房里,求王老太爷说《易》。王老太爷腻味他,任他站在书案旁边,只装作看不见。这鬼谷子没脾气,有时一口气能站上一整天。书童看着鬼谷子可怜,转告内院的婆子,请老夫人出面说情,无可奈何,王老夫人才出来到书房硬是从老先生的手里夺走了什么经史子集,"好歹你给孩子说上两句。"王老先生自然是不情愿:"尔非学子,何以论道?"他知道鬼谷子来这里磨学问,不过是为了欺世蒙人,所以才不肯收他为弟子。

王老先生没有了,鬼谷子挂出易学大师亲传弟子的招牌,骗得那些总以为天公对自己另有一番安排的人大把大把地给鬼谷子送钱。

"师母大人,学礼已是成年了,何以还不看看命相呢?"这一次鬼谷子来津,又是专程来王府里拜望,敬呈上四样大礼,叙过寒暖之后,鬼谷子正襟危坐地向王夫人询问。

"去去去,少在我们家卖你的油瓶子。"油瓶子者,嘴皮子也,王姓人家历来是不看在眼里的。"我们学礼专攻新学,你没听说吗,咱们脚底下踩的地,是个大圆球。"王老夫人拿鬼谷子不当人物,从来没跟他正儿八经地说过一句话。

"学礼吾弟生于光绪十年，新历公元一千八百八十四年，甲申，十月初二亥时。"对于王府里上下人等的生辰，年月日时，鬼谷子都早记在了他的五行簿上。鬼谷子记忆力超凡，中国历代名人的生辰，他能倒背如流，张口就来。孔圣人的生辰年月日时是庚戌戊子庚子甲申，关羽是戊午戊午戊午戊午，你说说这些了不起的人物的生辰八字该是何等的不凡？唐太宗李世民的生辰干支是庚辰庚辰庚辰庚辰，武则天的生辰八字也是庚辰庚辰庚辰庚辰。常言总说的"造化"二字，没有这个八字，你能享那份福吗？

对王学礼的生辰八字，鬼谷子自然有一番讲究，他今天来王府向老太太请安，其用意就是要说服老夫人让王学礼暂时去一处地方避上一年丙火猛烈和辛金软羽的。但是，"学礼吾弟命中是天乙贵人呀，天上三奇甲戊庚，地下三奇乙丙丁，人中三奇壬癸辛，学礼以甲申丙子壬寅辛亥的天干地支，将这天上地下人间的三奇都占全了，不消几年，学礼必是声名显赫，贵极人臣了。"口若悬河，鬼谷子把个体重将近二百五十斤的天津胖子王学礼说成了富贵神人了。

"你说他要当皇上？"老夫人还是不肯相信，只坐在椅子上数着手中的念珠。

"皇上已经没有了，天地轮回，我测过的，中国是再也不会出皇帝了。"

"这不就结了，不做皇上，别的官还有个什么做头？"老夫人冷冷地说着。

"大总统！"鬼谷子声音铿锵。

"你给我出去！"老夫人"刷"地一下沉下脸来，声色俱厉地下了逐客令。

"哎呀，师母，你听我说呀！"鬼谷子一点出去的意思也没有，他还扳着手指头对老夫人解释：

"这几年，大总统不值钱，今日宣誓明日下台地走马灯一样，换得勤；但来日这大总统必定会是个万民之上的阎王，以民主自由之道治民主自由之邦，以民主自由之邦养民主自由之民，那可比做皇帝实惠多了。别着急，师母，您容我往下说呀。学礼吾弟能不能来日荣升民国大总统，我不敢妄言，天下有道，庶人不议。但学礼吾弟一不从戎二不经商，来日何以立身社会？依我所见,凭学礼的八字命相,命中注定,学礼只能跻身于政界。现如今有国民参政会,有国民议会,来日这个会那个会愈来愈花哨,好歹买上个缺,就是名分,就没人敢欺侮咱王姓人家,咱不光是官面上有人,咱就是官面儿。我的师母大人,以咱王姓人家的财势,倘若落在民主自由派平民手里,那日子可是不好过,那口窝囊气也是不好咽呀!"

3

　　鬼谷子一番巧言花语,终于把王老夫人的心说活了。确确实实,王学礼天资聪颖,出身门第不凡,财势雄厚,且又自幼敬业学堂、海军大学地一番调教,如今只差留洋镀金的这一点点修炼了。留洋去哪里?学经济,去日本;学文学,去英国;而为将来从政,只能去德国。德国有一座专门为世界各国造就国会议长、总统总理的帝国大学,拿一张文凭回来,双脚一踏上中国土地,立马就是国会议员,说说道道,就能指点江山。但是远渡重洋,让唯一的儿子去德国,老太太舍不得,王学礼也吃不了那份苦,于是老太太将华有德找来,拿出钱来,让他一手操办王学礼去德国留学的事。

　　老夫人的条件很简单,反正得让自己每个月见一次儿子的面。华有德说那好办,咱把德国搬到中国来,再送王学礼去德国留学。但王学礼不干，天津德租界就在大营门后身，天津卫的花花公子们终日在德租界泡，低头不见抬头见，常赶集没有不遇上亲家的。华有德说那好办，咱离开天津，六十里地之外有个塘沽，一年四季鱼虾最肥最鲜，买下几套房子，把靠外边的几套房子空着，咱住在当中那套房里。万国码头王学礼举手告别故土，王老太太挥泪送子离津，报界记者咔咔地一通拍照，第二天早晨，天津几家报纸一齐登出王学礼赴德国留学的消息，这时王家的胖少爷，正披着睡衣在他的塘沽新屋里喝咖啡呢。

"这个德国不错。"王学礼看看这套新房子，颇觉满意。十足的德式小洋楼，红屋顶，尖阁楼，砌墙的砖烧成了琉璃。庭院不大不小，一尺高的茸草修成一个个圆柱形状。小洋楼玻璃门，门窗上的玻璃全是雕花五彩，楼梯是硬木扶手，一间房套着一间房，每层楼转圈的七八间房子，只要从一个门进去，就随意在各个房里穿来穿去，有时候一推门转出来了，哟，连自个都闹不清楚是面朝哪个方向，直到看见楼梯，这才明白是面朝哪里，这小洋楼盖得活赛个迷魂阵。

小洋楼里的家具,清一色德国货,是德租界森茂洋行拿轮船从德国买来的。软软的大弹簧床,卧上一只小猫都往下颤,王学礼大胖子躺在上边,却不往下沉,这手艺活绝了,中国人一辈子也研究不出来。其他的柜子、桌子、椅子,一种用途一种样式,摆在房里显得安静高雅,让人舒服得哪儿也不想去。

"有德!"晚饭后,王学礼披着绒睡袍正坐在壁炉旁看报,那报上连篇累牍地报道着王大少爷出洋留学的新闻,真是玄乎其玄。竟有一张报上刊发了随船记者从"子爵号"发来的专访,说这位王公子如何在船上刻苦读书,记者问王公子此行深造,必是为来日兴邦治国探访治世妙方。"是的,恰是吾意。"王公子居然洒洒脱脱地做了回答。"扑哧"一声,真王公子看到这里突然笑出声来。他放下报纸,大声地招呼隔壁房里的华有德。

听到王学礼的喊声,正在安排明日食膳的华有德匆匆跑进大客厅来,忙着询问王公子有什么吩咐。

"你不是说这四周围房子全空着吗?"王学礼举着一根手指向四面墙壁绕了一圈儿,没头没脑地问着。

"没错，东西南北四套深宅大院，一套院里有一个看院的老头，吩咐过了，不许喊叫，不许咳嗽，不许打喷嚏，不许到院里晒太阳，不许往中间这套楼房飞眼。"华有德回答说。

"外边的声音传不进来？"王学礼问。

"反正这么说吧，除非是外国轮船拉'大鼻儿'（汽笛），别的什么声音也传不进来。"华有德拍着胸脯说着。

"瞎掰！"瞎掰者，说胡话也。天津人斥责对方信口胡言，常爱说"瞎掰"。

王学礼的一声真真假假的呵斥，吓得华有德出了一身冷汗，他猜想必是外边的什么声音惊扰了王学礼的"功课"。外边的声音传进来事小，里边的声音传出去事大，谁能料到王学礼在此"德国"境内留学一年之间，这"德国"里边会发出什么声音？当即，华有德脸上的笑意消退了，他极是严肃地凑到王学礼面前，战战兢兢地询问："听见嘛了？"

"你自己听！"王学礼虚眯着一双眼睛对华有德说。华有德自然不敢怠慢，立时便支起耳朵，屏住呼吸,用心地聆听。

果不其然,叮叮当当,是弹琴的声音。

"就是这个呀,哈!"华有德笑了,"大少爷,辛苦您老一趟。"说着,华有德给王学礼披上御寒的衣服,走出客厅,走下宽宽的弯弯的大楼梯,穿过楼下大厅,拐弯抹角,吱扭一声推开了两扇雕花大木门,门开处是一间阔大的空厅,深处有一架大钢琴,钢琴后面坐着一位身着白纱的女子,正聚精会神地演奏钢琴呢。

"这是干嘛?"王学礼不解地问。

华有德顺势鞠了个躬,十分得意地回答说:"我怕公子读书劳累,便找来个小姐陪公子共度寒窗。"

"这,这如何使得!"王学礼忙摇着手万分着急地说,"我,我是在德国留学的呀!"

"公子放心,华有德早安排妥切了。这位小姐从此不离这几幢房屋,几时王公子学成回国,咱再把她打发走。这一年时间,给她立了规矩,不许上二楼,任何事情不许过问,公子不问你,不许多嘴多舌,只每晚上在此弹琴侍候。学礼大哥,她还会跳舞呢。"

"有德,你真缺德,买个洋学生!"王学礼这次似是真有些恼怒了。

"怎么会是洋学生呢，少爷再走近些去看。"

轻轻地移动脚步，唯恐打断了这优美的琴声，王学礼一步步向大钢琴走过去，一双眼睛越过钢琴，往琴后边瞭望。这几年出入租界地餐厅、舞厅和各种各样的俱乐部，王公子早不把钢琴看作是什么新鲜，也不会像华有德那样将弹钢琴说成是打钢琴，而且王学礼还听得懂，此时此刻这位女子弹的是莫扎特的钢琴曲，弹得还真不错。但是走着走着，王学礼的脚步停住了，他的眼睛突然一亮，身子不由自主地晃了一下。

弹琴的女子是个洋妞儿。王学礼认识，她就是王学礼在舞厅里闲坐时一双眼睛紧紧盯住的那个俄国少女。在维格多利舞厅，人称这位少女是林小姐。据知情人说，这位林小姐的本名叫叶林娜，后面还有一大串什么斯卡娅之类的称号，中国人嫌麻烦，便省略了，索性就叫林娜。天津爷们儿又嫌酸得起鸡皮疙瘩，入乡随俗，便称她是林小姐。你知道这位林小姐是何许人吗？她是俄国皇帝尼古拉二世的亲侄女，中国人称之为皇姑、公主，正儿八经的皇家女儿。可怜的是这公主命不济,正在金枝玉叶之时,她家的顶梁柱断了,俄国一场革命,皇帝老子做了刀下之鬼,皇亲国戚作鸟兽散,她随着皇帝的姑姑、姨姨、姐姐、妹妹于仓皇之中跑到天津。别的俄国人流亡中国之后,头几年还能卖胰子、卖毯子,她们一家十几口一来到中国,开张营业的头一天,就是卖自己,姑姑姨姨老了,行市还没吊上去,就拉秧下架了,顶着流儿往上的就是几个姐姐,几个姐姐成色强,没几天时间便成了俄国窑子蓝扇子公寓的栋梁之材,侍候的全是中国当朝的军警宪政达官贵人和前朝的遗老遗少。只有林娜小姐孤傲,还不肯去蓝扇子公寓卖身,趁着自己年轻貌美,又精于音乐舞蹈及至文学艺术,才跻身于维格多利舞厅高级交际花队列之中,一炮打响,她还真迷住了不少天津卫的花花公子。

"怎么着,哥哥,没委屈您吧。"看着王学礼一副呆若木鸡的神态,华有德忙凑过来悄声地问着。

王学礼没有再多做评判,只顺势坐在一张沙发上,轻轻地挥挥手,然后便吩咐道:"跳个舞,跳个舞。"

林姑娘好伶俐,说得一口流利的中国话,听到王学礼有了吩咐,立即停止弹琴,起身离去,不多时,待她再来到大厅,已是又一身装束。

林姑娘穿着紧身的短上装,一双修长的长臂套着长袖手套,紧紧地束着腰,腰间是层层叠叠的白花短裙,一双长腿,白丝袜,尖尖的白舞鞋,脚尖上是硬邦邦的木头尖儿,通身上下,该凸的地方往外凸,该圆的地方溜溜圆。华有德没见过这世面,当即惊奇得半张开了嘴巴,口水往下流。

还是王学礼见多识广,他怡然自得地坐在沙发上,点燃了一支大雪茄,然后用力地拉华有德坐在身边,对他说:"开开眼界吧,这叫芭蕾舞,要的就是穿戴利索,玩的是身段。"

说话间,林姑娘将一个大留声机架起来,摇紧发条,放上了一张大唱片。大唱片转起来,整个大厅里响起了一曲舒缓、优美、恬静、忧伤的乐曲。随着乐曲,林姑娘翩翩起舞,她一双脚立起来,只靠脚尖撑地,双臂平伸,不停地抖颤,面色平和,又带着三分悲怜,不用扶任何地方,她竟一个人在原地立着稳稳地转起身来。

"哎哟喂！"华有德第一次看见这种舞蹈表演，早被林姑娘那白丝袜包得紧紧的一双长腿惊呆了，喉咙间火烧火燎，连胖胖的大脸盘都烧得赤红。他上气不接下气地又呼又喘，已是把林姑娘的舞蹈看成了春宫表演。

乐曲越来越低沉，凄凉的曲调间有一种袭人的悲怆。在乐曲的伴奏下，林姑娘全身痛苦地抖动着，随之便无力地倒在地上，挣扎地伸直了一条长腿。林姑娘仿佛变成一只飞禽，死在了一片荒芜的沼泽里。

"这比《贵妃醉酒》的卧鱼儿难多了。"华有德好半天才苏醒过来，一边拭着额上的微汗，一边不着边际地评说着。

"这么地道的功夫让你看，也真是糟践了。"王学礼明明是一位鉴赏家，说得头头是道，"你没看见她把两只胳膊伸平了吗？那是伸着翅膀飞，不是凤凰，也得是孔雀。砰一声，有人在下面打枪，中弹了，掉在地上，这才挣歪，还是死了。"王学礼作过权威解释之后，还向表演完毕之后在面前的林姑娘询问着，"是这么回事不是，林姑娘？"

"先生说得很对，我表演的这个舞蹈，叫作《天鹅之死》。"林姑娘极有礼貌地回答。

"你瞧，我说对了吧。"王学礼一拍大腿，为自己的恰好言中感到得意，"我刚说不是凤凰，也是孔雀，俄国人分不清嘛是孔雀，嘛是凤凰，一律叫天鹅，天上飞的大白鹅。"

"领教，领教。"华有德忙点头说着。

"只是这个'死'字不好，要回避，改过来叫《天鹅之薨》吧。天子死曰崩，诸侯曰薨，天鹅于飞禽之中当在三品之上，称之曰薨，当之无愧。"王学礼果然是学贯中西，一言说中了西学中不知忌讳的一大弊端，我们的国学于此便很有讲究，老人死了曰仙逝，青年死了称夭折，失火称走水，得了病要说贵体欠和，明明是长了不洁的症候，还要说成是身染贵恙。

"高见，高见。"华有德忙随声应和着，连连称是，随之他又吩咐林姑娘："听明白了吧？以后在这公馆里凡是发'死'字音的，一律改说是'薨'，中国人忌讳这个字，丧气了。"

"那一二三四呢？是不是也说成是一二三薨？"林

姑娘抬起头来询问。

"你那么打破砂锅问到底干嘛！"华有德被问得没了理，便恼怒地呵斥："到底是你们这帮蛮夷没规矩，不知道怎么做奴才。我们中国人卖身为奴，连名字都要由主子改，人家王府里维新，到了别的人家，谁问你姓林不姓林，先花呀玉的给你起个丫鬟名字。"

林姑娘不再争辩了，但她明明是受了委屈，眼眶里涌动着莹莹的泪光。

"瞧你，吓唬人家孩子干嘛？"王学礼心地善良，看着这么动人的少女被人当奴隶使唤，于心不忍，挥挥手招她坐在自己身边，语音和善地安抚着说："别听他的，他仗势欺人。虽说他用钱把你雇来在这里弹琴，咱们平等博爱，讲天主上帝。知道这儿是嘛地方吗？这是德国，我把德国搬到中国来了。"

"德国？"林姑娘眼睛突然一亮，当即来了精神，"先生会说德语吗？"

"你会德语？"王学礼伸出一根手指戳着林姑娘的鼻子问道。

"德语，法语，比说俄语还舒服。"林姑娘当即回答。

　　"我的天爷!"王学礼和华有德齐声惊呼,看上去不过二十岁的孩子,哪里就有这么大的学问?

4

公元一千九百二十三年,中华民国十二年,政体维新,重立新国会。举国上下,大江南北,已是一片沸沸扬扬。自入春以来,津城便有各界宿儒贤达组织班底宣言竞选,你要做参议员,我要做众议员,大有将参政两院所有席位统由天津爷们儿包揽之势。大报小报,唇枪舌剑,这个说,苦难中华非此公中选议员必是得救无望;那个道,炎黄子孙唯选举他兄做议员才能富足。这才是津城果然出豪杰,燕赵自古义士多。唯可恨,芸芸众生居然不知不觉,他等对议员选举、国会重立之事不闻不问,推车的依旧推车,撑船的照样撑船,煎饼馃子还是又热又香,混事由的姐儿们照样忙着上街拉客。

乱哄哄你吵我闹之中,忙坏了华有德,他一日三次催促王学礼该回国了。只是王学礼还恋在他的德意志帝国大学里，终日厮守着他的同窗林姑娘，不肯回乡参政。

王学礼在德意志帝国大学苦读圣贤书已是一年有余了。这期间每月月初，王老夫人借去如意庵敬香为名，由专人护送来塘沽看望儿子一次。王夫人来时，对儿子所居住的小洋楼格外注意审视，果然是只见诗书，不见女色，连女人用的一方手绢、一只发卡都找不到。阿弥陀佛，难得王姓人家出了这么个规矩孩子，遍查家谱，一辈一辈都是有妻有妾，至于私下往来的相好和金屋内秘藏的玉娇，那就更不计其数了，怎么上几代老孽障就出了这么一个圣贤，真是王姓人家振兴有望了。

"你怎么还练习弹琴？"娘老子见儿子楼下大厅里摆着的大钢琴，不无惊奇，但儿子王学礼不作解释，大大方方地端坐在一张小方凳上，掀开琴盖，叮叮咚咚，十指飞舞，便演奏起来。演奏时学礼还摇头摆脑，如痴如迷，真真正正是一个不食人间烟火的仙人了。

莫说是老夫人觉着奇怪，就连几年来专给王学礼出坏点子的华有德都大惑不解。想当初在天津鬼混，才包下了一个交际花，没几时，王学礼便又哈欠连天无精打采地逼着华有德为他去物色新欢了。英租界、法租界、俄租界林林总总的私人俱乐部，从看洋妞儿洗澡，到看漂亮姐天体表演，王学礼都是没两天的新鲜，难为得华有德恼怒，这天下能让人开心的游戏实在是花样太少。你说说再看，你还要看嘛？说到天也就是看那码子事了，那码子事也看过了，而且是一个黑男人和一个白女人，王学礼还说没劲，嫌那白女人的脚太大，五个脚趾全挑着，看着真恶心。

何以这一年多时间，王学礼就心安神定了呢？实实在在，这全是林姑娘的功劳。不要以为这林姑娘把王学礼迷得如何神魂颠倒，除了弹钢琴、表演舞蹈之外，林姑娘绝对衣冠整齐，仪表大方。王学礼自己住一幢楼房，林姑娘先是按时到楼下弹琴，后来又蒙王学礼恩准可以随意出入他的住房，但林姑娘每次来会见王学礼，必是衣是衣，裙是裙，夏天要拿一把折扇，冬日要揣着一件皮暖龙。林姑娘教王学礼德文，林姑娘给王学礼朗读小说，林姑娘教王学礼弹琴，林姑娘教王学礼识五线谱，林姑娘给王学礼讲托尔斯泰和柴可夫斯基，即使是林姑娘和王学礼闲坐聊天，两个人也是相向而坐，从来没有并肩在一张椅上坐过。林姑娘永远是仪态高雅，没有一丝一毫的轻浮媚态。

谁若是说俄国林姑娘不是公主，王学礼敢把他的脑袋瓜子揪下来，让你当四喜丸子吞下肚去。你就瞧瞧人家林姑娘的脸蛋儿、身段儿、仪态、风采，你就瞧瞧人家林姑娘走路的那副神情，你再瞧瞧人家林姑娘的那个饭量，一块烤牛排，刀子叉子地切了大半天，最后送到嘴里的至多是一条肉丝，就这样，还用餐巾一个劲儿地拭嘴角；一只鸡蛋煮成七成熟，放在个银器小盅盅里，用小银匙敲碎鸡蛋皮，至多也就是盛半匙蛋清送进嘴里，饱了。不吃面包，不吃米饭，包子花卷大火烧，看一眼就能饱三个月。说玄了吧，人家林姑娘压根儿就不吃饭。你说说不是正牌公主，能有这么大火力吗？人是铁，饭是钢，一顿不吃饿得慌，那是中国人的生活格言，对俄国公主无效。

有俄国公主林姑娘的一番调理，王学礼出息成人物了。虽说还是那么胖，但是胖而不臃，胖而不肿。由林姑娘为王学礼督制的西装，穿在王学礼的身上，他立时就变成了一位倜傥少年；脱下这套西装，再穿上纺罗的中式袄褂，王学礼又变成了臭肉一堆。你说说，这西洋文化怎么就这么成全人？现如今王学礼站着似松，坐着似钟，张口便是滚瓜烂熟的英语、德语，说起话来斯斯文文，讲到学问更是头头是道，什么天主圣母耶稣基督，希腊罗马古今中外，从世界历史、国际政治到文学艺术歌剧交响乐，王学礼若是选不上国会议员，四万万中国人还有嘛脸活在世上？

　　回乡参政，王学礼实实在在离不开他的林姑娘。身为国会议员，至关重要，道德上必须完美无瑕，不能嫖妓，不能宿娼，不能养小相公，更不能和一个俄国小姐有暧昧关系。竞选之中，活似三堂会审，出身，学历，学识，才干，品德，风度，都必须无可挑剔。不知多少豪杰眼看着竞选之时已是稳操胜券，只是因为在其发表竞选演说之时，突然报界抛出一张秘密照片，照片中此公正与某女士秋波暗渡，罢了，几百万的竞选经费就算泡汤了。上一届国会竞选，台上议员慷慨陈词，台下齐妇含泪泣诉；台上议员指天盟誓，台下小儿大呼阿爹,一时之间全中国江南江北光私生子就冒出来成百上千。荒唐公子辈,焉能忧国忧民?

"大哥,你尽管放心就是。林姑娘的事,我保证安排得万无一失。"眼看着日子拖到最后,再不去参议院登记竞选便要失去服务民众的机会。王老太太一心盼着儿子此次出山一举成功,跻身社会名流、成为社会栋梁。只听说国会议员在国会上好歹为什么人说句话,立即便有白花花的银子往家里送。于是王老太太让华有德务必从"德意志帝国大学"接王学礼回津,华有德才险些没跪在王学礼的面前,拍着胸脯对林姑娘的安全下了保证。

"你小子连你亲娘都敢卖。"王学礼自然知道好友华有德的声誉究竟有几分可靠,自是对林姑娘的安置还放心不下。

"我不是东西,我爸爸还能不是东西吗?倘林姑娘处有半点闪失,大哥只管将我老爹的脑袋揪下来……"

华有德还要往下发誓,王学礼径直问:"你说说如何安排?"

"回到天津,我给大哥早在德租界看好了房子,一套小洋楼;林姑娘的房子在英租界。虽说是一在英界一在德界,但是两套房子的前后房檐相接,一墙之隔。门窗朝北的是大哥的公馆,门窗朝南的是林姑娘的绣楼,大哥的公馆属德国所管,林姑娘的绣楼是英国的地盘。"

"南房潮湿。"王学礼摇头反对。

"哎呀,我的大哥,你老就将就些吧,时间已是不待人了。"华有德虽说畏畏缩缩,但在关节处不退让,他万般着急地搓着一双手对王学礼说,"现如今,直军大将曹锟已经迫得黎元洪大总统下了台。群龙无首,举国无君,津京两地紧锣密鼓,推选曹锟出任大总统已成定局,原山东省省长熊炳奇已经坐镇北京甘石桥国会议员俱乐部,明码标价,为保曹锟登极称帝,国会议员每票大洋五千元。我的大哥,德租界、英租界两套小洋楼合到一起才值多少钱呀,眼看着到嘴的肥鸭子,千万可不能让它飞跑了!起驾吧,我的胖大哥,给你订制的博士服都早做好了呀!"

5

废除帝制，建立民国，新世纪新时代，现代文明光辉灿烂。现代文明的一双翅膀，一是民主，二是科学。国人知礼，以德先生尊称民主，以赛先生敬崇科学。德先生者德谟克拉西之简称，实乃洋人"民主"一词的音译，而赛先生者也，则是西语科学之音译。自然，中国儒子思想维新，尽管敬仰科学，每日也能向赛先生拱手礼拜，但那赛先生的饭太不好吃，又是什么电力，又是什么钢铁，还有什么物理化学，全是些怪力乱神的邪说，实为子不语也。吃不了赛先生的饭，那就吃德先生的饭，德先生的饭好吃，不就是民主吗？有皇上的时候，皇帝说自己是主子；没了皇上，大家伙说大总统是主子，原来这民主与不民主就是这么一丁点的差别。众位都看过中国戏法，那在台上变戏法的能人双手将一方大布向观众展示,那一方大布,一面是红,一面是黑,黑者为里儿,红者为面儿,里儿便是帝制,面儿就是民主,扑刷刷一抖,什么金鱼彩灯大火盆便全变出来了——玩的是眼疾手快。

居住在德租界的小洋楼里,王学礼深感民主之可爱。原来这民主者也,就是乘坐火车到北京,再改乘马车到了甘石桥国会,进得门去,坐将下来,此时此刻便有一身穿长衫的秘书将一张选票放在你的桌上。说是选票,不过是一张长方形的帖子,长四寸,宽二寸,可以用来擦鼻涕,可以用来拭腔。接到选票,抄起笔来,第一个字写曹,第二个字写锟,然后再手持选票依次鱼贯而行。众人纷纷将这张选票投在一只小木箱内,比抛进粪池稍要瞄得准些,然后便返身去领取车马费,实则是领取投票费,大洋五千元。

中华民国十二年,这五千元大洋是个什么概念?兵船牌白面两元钱一袋,上好良田十元一亩,新鲜鸡蛋两角钱一斤,芝麻火烧两分钱一个,水貂大衣三十元一件,貂绒全皮四十元一张。全聚德吃烤鸭,两元钱十个人酒足饭饱,家常便饭,随意小酌,一个人二十只三鲜馅饺子用不了两角钱。物价是贱，自然是谷贱伤农，举国上下水深火热，但是只要能找个不水深火热的地方，一个人一个月赚上二十大洋，便能养活一个八口之家。

民主好，还是民主好，王学礼想起来就忍俊不禁。"德意志帝国大学"学成返津，热闹非凡，万国大码头举行了欢迎会，依然是"子爵号"缓缓而来，轮船靠岸，身着博士服的王学礼立在甲板上向岸上津沽旧好招手致意，此时万国码头洋鼓洋号齐声高奏凯旋曲，王老夫人由丫鬟搀扶连连泣诉："儿呀，儿呀，你可让娘想死了！"随后，舷梯放下，王学礼迈步从"子爵号"缓缓下来。只见他面容庄重，胸脯高耸，果然是气度非凡。最为感人的是，他双手将博士证书紧抱怀中，一尺多长的一个大纸筒，红底烫金洋文，不识德文者说上面写着"博士证书"一行洋文，识德文者说那圆筒外面的洋文写的是"经久耐用，名不虚传"，圆筒内装有干电池六枚。

"哎呀，你说说洋人的脑袋真是灵，他们怎么就琢磨了个民主出来呢？伟大，伟大，非常的很伟大！"得意之时,王学礼将自己在德意志帝国大学跟随女老师学的洋句法都用上了。只是此时王学礼阔论民主,不是和昔日的狐朋狗友华有德,而是和他的新交莫逆,德华洋行经理苏维新。

王学礼在万国码头走下"子爵号",于各位记者面前散发了一份书面谈话,然后坐进一辆雪佛莱小汽车,风驰电掣,一直开到了位于德租界高级住宅区的小洋楼。

"从今之后,这里便是王公馆了。"

走下汽车,随行的华有德将一幢地道纯正德国哥特式楼房指给王学礼看。王学礼高兴得心花怒放。青砖墙,白门窗,宽宽的石台阶,典雅的院落,红屋顶,最为奇妙之处是屋顶上高高尖尖的那个小装饰,似是烟道,又似是小宝塔,极是玲珑剔透,令人心旷神怡。再看看房前的德国租界地,马路平坦,马路当中一个小花圃,四季常青的翠柏剪得半人多高,四周一片安静,鸦雀无声,半天见不到一个人影,空中没有一粒尘埃,地上没有一片纸屑,活脱脱是一处童话仙境。佩服,佩服!德国人竟然在嘈杂脏乱的天津卫治理出了这么漂亮的一条大街,而且没有动用军警人员、挥着木棍抡着皮鞭殴打民众,真是有点能耐。

走过绿草坪间的石子小路,推开彩色雕花房门,迎面一股沁人心脾的清香扑面而来,乌亮光滑的地板,倒映着屋顶上的水晶花灯,倒映着四面墙壁上的画幅,倒映着大门外站立的大胖子王学礼和随行的胖子华有德,让人心静神安。大厅里一米多高的菲律宾木板围墙,墙沿上置放着种种玩器,果然是十足的公馆气派。大大方方,王学礼穿过大厅,沿宽宽的楼梯盘旋而上,走廊,卧室,书房,客厅,餐厅,浴室……

"有德,这是哪儿来的钱?"王学礼生来不知钱为何物,王姓人家也从来没为钱犯过愁,但是凭着自己的直感,王学礼估摸着买这套楼房,置办这些摆设,该花多少钱。王学礼算不出来,反正得不老少吧。

"白得!"华有德一笑,顺势还向王学礼挤了挤眼。

"哎哟!"当即,王学礼惊呼了一声,立即,他披上衣服,返身就要下楼。

"哪儿去?"华有德一把将王学礼抓住。

"回家。"王学礼挣扎着说，"我家在城里有的是房，干嘛平白无故得这么一套房？吃人家的嘴短，拿人家的手软，人家把这么大的产业送给我，一定有天大的事情求我。君不闻昔有荆轲者受托于人，每日进奉异物车骑美女，恣其所欲，顺适其意，然后才有图穷匕首见的刺客之举吗？"王学礼不愧是学贯中西，他已将现代西方的生活享受和传统东方的福祸观念联系在一起了。慎之，慎之，千万别让人把咱爷们给玩了也。

"哈哈哈哈！"华有德将王学礼拦回客厅，又将他按坐在大皮沙发上，然后大声笑着劝道，"这年月不拿白不拿，不要白不要，徐世昌白拿了一个大总统，袁世凯白拿了一个洪宪皇帝，有人大拿，就兴咱小拿。就算是有赠必有求，我的学礼大兄，他能求你做什么？做刺客，刺杀摄政王？汪精卫干过了。当草寇，独霸山西省？阎锡山成势了。咱不就是这一身二百来斤肉吗？让咱带兵打仗，人家信不过咱。跟咱挖窝窝琢磨人，咱还不够份儿。由他无论打什么鬼算盘，顺水推舟，便宜总是咱的。"

"你说，这幢洋房谁送的？"王学礼问。

"德华洋行经理,苏维新。"

"他要我干嘛?"王学礼又问。

"当国会议员。"

"当不当国会议员,那是我王学礼的事!"

"哎哟,我的大哥,那国会议员是你想当就当得上的吗?"华有德说着,神态就更是得意非凡了,"亏你还是德意志帝国大学的高材生,这'政治'二字,不就是有人出钱,有人做戏吗?德华洋行,跟德国人做交易,德华洋行老板苏维新不能自己上国会演说德华亲善,他自然要找一位貌似公正的慈祥人物在台前表演。您老王学礼诗书传家,出身名门望族,令尊大人生前是前朝重臣,且于八国联军洗劫天津的时候护佑着一方黎民,您想想,您老若是出面呼吁德华携手,老百姓能说您老暗地里串通德国人吗?道理就是这么简单。那三井洋行的老板侯六爷,人家就金山银山地养着一个议员,每逢国会开会,那个议员就鼓吹中日睦邻,这不就跟养条那个什么什么一个道理吗?哎呀,哎呀,这话我不能往外说呀!"

"行了,行了,你就别喷粪了。"王学礼估计华有德往下不会说出中听的话了，便打断他，"什么中日睦邻，中德亲善，不就是昧着良心说谎话吗？你不说，有人说，咱到底还是老实中国人，不会太对不住父老兄弟。别人说，还说不定会酿出什么大祸呢。"

王学礼甘心接受德华洋行资助，选上了国会议员，未曾为德中亲善呼号，先赶上了总统大选，一票五千元，他尝到了民主政治的甜头。

无功受禄，白得了人家德华洋行一幢楼房，应时到节，有人给送来山珍海味，春夏秋冬，谦祥益、瑞蚨祥送来丝绸皮货，此外，什么珍玩钟表、四季鲜花更是不计其数，而且据华有德后来禀报，光是为王学礼入选国会议员，人家德华洋行就花费了十几万现洋，这份心意不为不厚。于是半年多时间过去，王学礼天天等着这位德华洋行老板苏维新大亨突然破门而入，一把揪住王学礼衣襟，提起王学礼来劈头便问："你穿的我家衣，吃了我的粮，你到底为我说了几句话，帮了几道腔？"

只是说来也怪，这位苏维新先生一直没有露面。最后，倒是王学礼自己坐不稳当了，一天他向华有德问道："你说，那位苏维新先生在咱身上花了这么多钱，怎么不到咱这儿来一趟呢？瞧不起咱？"

"哎哟，我的大哥，您老是国会议员，没有您老的召示，人家敢来吗？有皇上的年头，您老就是正一品呀！"华有德惊异地回答。

"合算！是他不敢登咱的门？"

"他不过就是一个商人罢了。"

"对，对，有理！"王学礼一拍胖巴掌，明白了自己的身价，"国会议员，议政大臣，且我又是家学渊博，新学精通，凭他一介市井商贾，怎么敢大胆造次来攀附咱们呢？赏他个面子，明日下午四点，客厅看茶。"

恭恭敬敬，唯唯诺诺，畏畏缩缩，低三下四，苏维新按时到德租界什么什么大街若干若干门牌的国会议员王学礼先生的公馆来拜见这位社会名流。只是这位苏先生好胖，他乘的汽车是德国大财阀专门给他特制的，车门比普通汽车的车门宽一尺。只是，改了汽车门，改不了汽车轮胎，苏维新先生的私人小汽车，轮胎经常放炮。

"冯·伦茨校长嘱我向王先生问好。"几句寒暄之后,王学礼与苏维新分宾主坐下,佣人献上咖啡水果退去之后,苏维新冷不丁地说了句让人摸不着头脑的话。

"冯·伦茨校长?"王学礼听后眨眨眼,然后努力在心间暗自回忆:大直沽海军大学,校长袁世凯;敬德学堂,校长严范孙;再以先天津第一模范小学,校长赵敬儒;最早的家塾,启蒙讲习是余一山。这冯·伦茨校长,是哪个学校的校长呢?

"冯·伦茨校长对不才介绍说,王学礼学子是他在德意志帝国大学主政以来最得意的一位门人了!"明明是苏维新在提示王学礼,这位冯·伦茨者乃是德意志帝国大学的校长先生了。天爷爷,真是常赶集总要碰上一次亲家公,何以这个苏维新就见过德意志帝国大学的冯·伦茨校长老哥呢。

"啊呀呀,恩师,恩师,真是诲人不倦呀!"开怀大笑,王学礼算是把这位冯·伦茨校长认下了,"老校长身体可好?"

"老当益壮,越发精神了。"

"其实呀,已经是七十古稀之人了。"王学礼不无怀念地说。

"看着可不像呀,红光满面。"苏维新描述着冯·伦茨校长的健康容貌,已是十分钦羡。

"还是满头的黑发吧?"王学礼又问。

"额前,已是有一缕银丝了。"苏维新说着,还抬手在额前摸了一下。

"劳神啊,劳神啊!"王学礼的目光中已是泪光莹莹了,"我们几个朽木,是何等的顽皮呀,冯·伦茨校长苦口婆心,言传身教,可敬可佩。天地君亲师,生我者父母,养我者冯·伦茨校长也。所以回乡之后,我必是每月有信叩问老校长的大安的。"

"老校长说过的,你的信,他都收到了,真是真是,世间最贵者,莫过于师生情谊了!"

说着,两个人已是一见如故了。

"如此来说,你我弟兄既是同乡,又是同窗了。"话到投机时,王学礼便和苏维新往深处套近乎,也算是政界与商界沟通感情吧。

"惭愧,惭愧。"苏维新摇着比王学礼还厚的手掌说着,"论同乡,当之无愧,苏姓人家也算得上是津门大户,地地道道的老天津卫。维新以来天津爷们儿自惭形秽,出了门便甩京腔。苏维新思想维新,只这一招不维新,无论见了谁,咱也是一口天津大白话,说着顺口嘛。论到同窗,惭愧了,维新自幼便是朽木一块,读私塾,五年没读完一本《三字经》,入新学,门门功课不及格,幸好新学堂设体操课,我不费吹灰之力拿了个全校第一,这么着也算是有了文凭。远渡重洋,到了德意志,进了帝国大学,这回可不能怪我不及格了,是他们都不及格,上至校长下至校役,个个都不会说中国话呀。我一看,罢了,咱别'穷沤'了,哪儿开心,咱逛哪儿去吧。"

"也好也好,认识社会,了解民情。"王学礼依然是赞不绝口。

"民情没了解多少,色情倒是没少沾,哈哈哈哈。"说着,苏维新笑得前仰后合。

言多语失,苏维新已是太放肆了,王学礼正人君子,没有随着苏维新一起大笑,只沉着脸坐着,慢慢地呷着咖啡。

"放肆了,放肆了,有罪,有罪。"苏维新见王学礼一本正经的圣贤神态,立即收住笑容,端正地坐好,这才继续说着正经。

"天生我材必有用呀,读书不成,也就只有经商了。"

"古者四民异业而同道,其尽心焉。士以修治,农以具养,工以利器,商以通货,此即所谓国家兴盛,四民各尽其力也。"王学礼劝说苏维新别为自己的经商而感到惭愧,自古以来,社会就是由学、农、工、商四种人支撑的,人人都是栋梁,少了谁也不行。

"感谢,感谢。"有王学礼一番抚慰,苏维新自也不心自馁了,连连地表示感激。

"只是,只是……"沉吟了片刻,王学礼似是自言自语地说道,"有一件事,学礼倒要向吾兄请教。"

"不敢不敢,洗耳恭听。"

"吾兄经营商业辛苦劳累,虽说财运亨通资本雄厚吧,只是吾兄何以慷慨解囊相助学礼跻身政界,当这国会议员呢?"王学礼目光中充满着困惑,此中关节,他实在是闹不十分明白。

"国家多艰,万民涂炭,想我中华唯推行科学民主才有前程。维新不才,治国无术,只能推立贤才救国救民。"苏维新说得有板有眼,明明他是没有一点私心的君子了。

"别无所求?"王学礼还问。

"于国内推进民主,于世界护佑和平,天下为公,世界大同,苏维新倾家荡产,已是在所不惜了!"

"既然如此,我王学礼抛头颅,洒热血,也是义不容辞了!"

果然一个是心地磊落,另一个是奋不顾身,有这等大仁大勇之士,中国若是一连几十年还不见发旺,那除了是老百姓没福之外,还能怪谁呢?百姓们哪,百姓们哪,认命吧!

6

一张帖子投送到德租界王学礼公馆,秋季国会又要开会了。

早从春季开始,江南江北便是战火连成一片,先是山东直系、皖系两派军阀因争督军宝座打得不可开交,后是河南土匪因劫持英国女教士二人而把河南督军打得落花流水。随后,湖南、湖北隔江开炮,广东境内的北江、东江大打出手,那真是中国无一地无战事,中国无一人不遭殃。为此,世界列强已在商议对中国实行共管,共管之前先实行自管,谁的地盘谁驻兵,谁的轮船谁护航,谁的侨民谁保护,中国大地万国旗帜随风飘扬,那才是美丽大地无比美丽辉煌了。

去北京开那个鸟会,王学礼才没有兴趣,德租界小洋楼里的日子过得真比天堂还要强。王学礼睡懒觉,"早晨"醒来,已是中午十一点,强烈的阳光穿透天鹅绒的垂地窗帘,在室内地板上划出一线光明。懒洋洋起床、洗漱,仆人备好早点,一番必不可少的例行琐事之后,林姑娘早从英租界小公馆暗门溜了进来,两个人或读书,或一个弹琴一个唱歌,或安安静静地说些闲话,不觉间便到了下午三时。这时,仆人上楼问安,并催促用饭。下午四点,小汽车停在门前,或赴某府邸贺寿,或去某公馆打牌,晚饭大多在外面吃,晚上电影、京剧、舞厅,或小小的一点赌博游戏,有时还去个销魂的所在,半夜十二点回家,自然又是林姑娘在客厅恭候,二人用过夜餐之后,玩到清晨三时,王学礼入睡,你想,他能不一觉睡到第二天的大晌午吗?

自从与俄国公主林姑娘相识以来,王学礼对俄国女性最是钟情。在王学礼看来,世上最讨男人喜爱的当推俄国女人,不酸,不懒,不"遮理",不拿劲儿,不像什么中国女人、日本女人、英国女人、法国女人……那样一身的病,一脸的不高兴,一心的不情愿。俄国女性就是一团火,你不烧她她烧你,而且不等你烧她,她先烧你……

善解人意的华有德自然揣测出了王学礼的心意，投其所好，三天五日便带王学礼到俄租界谢家胡同有名的蓝扇子公寓来寻欢作乐。蓝扇子公寓因俄国美女人人手持一把蓝色羽绒折扇而闻名于津。每位俄国美女包住着一套豪华的房间，地道的俄国贵族风习，金光锃亮的咖啡壶，袒胸拖地长裙。蓝扇子公寓有歌女，有舞女，坐得无聊了，随叫随到，让唱哪段唱哪段，让怎么跳便怎么跳。一个如花似玉的妙龄少女，随着乐曲转来转去，一件件一层层斯斯文文安安静静洒洒脱脱利利索索地愣把全身的衣裙全脱了下来。"这是干嘛！"当一个赤光条条的少女还在音乐的伴奏声中围着王学礼转圈儿的时候，王学礼这才想起非礼勿视的古训，一挥手将那个光着身子的洋妞儿撵走了。

你想想，有这么好的住处，有这么好的去处，王学礼心里还惦着那个国会干吗？

只是，毕竟个人享乐事小，国家兴衰事大，科学民主要有人为之献身，世界大同要有人为之奋斗，重任在肩，救国忧民，非王学礼谁欤？

天津议员团赴京前夕，天津督军王承斌在登瀛楼饭庄设宴饯行。这一日傍晚，登瀛楼饭庄门外小汽车、轿子马车首尾相接，天津各界贤达、淑女相接而来，先生们气宇轩昂，女士们珠光宝气、妩媚非凡。登瀛楼大门两侧，各有持枪荷弹军人数十名列队站岗，每有一位要人驾临，一声"敬礼"，"咔嚓"一声数十支步枪同时举起，没见过世面的，能吓得屁滚尿流。唯天津百姓粗俗不堪，不但不知敬重各位议员为忧国忧民赴宴吃酒，反而口出不逊恶语伤人，一帮臭什么什么，污言秽语，有失儒雅，只可意会，不可言传。

王学礼在众议员之中倒不十分惹人注目，他绝不似那些招摇之辈，乘机大出风头，他尽力躲开人多地方，只找几位学界代表在一旁闲谈，就如此，还"嘭嘭"一声声镁光灯泡爆亮，悄然间被小报记者抢走了不少镜头。

饯行酒宴先是由督军王承斌敬酒。王承斌行伍出身，行动多于言语，一杯美酒高举过头："列位议员先生，讲文的，有你们诸位护佑着曹大总统坐龙位；说武的，有我王承斌提着战刀在前方豁命，有不怕死的，就让他往咱枪眼上撞吧。干杯！谁有本事把我王承斌灌醉了,我跪地上给他磕三个头,还管他叫声亲爹。"

"干杯!"众人一片呼应。

一桌大宴,真是吃尽了山珍海味,席间更有军界文官一一向每位议员赠送礼品。礼品不为不厚,金元宝一只,货真价实,不出大价钱,哪能将民主科学买到手?

整整吃了两个钟头,人人酒足饭饱,相继告辞而去,王学礼随众人也来到主桌和王承斌道别。王承斌和王学礼用力地握了握手,王学礼转身离去。谁料还没有走到大门,此时便有一位文官满面赔笑地向王学礼走来,深鞠一躬之后说道:"王议员留步,督军有话。"

何以王承斌要单独把自己留下?再送给自己一只金元宝,或是委以议员团团长的重任?王学礼没有认真思虑,不外就是这么几招呗,还能变出什么新花样?

随着这位文官,王学礼回到了登瀛楼楼上的一间茶室。茶室内王承斌已是整装迎候,桌上更是备好水果香茗,俨然是要和王学礼说一番知心话了。

东拉西扯,绕了好大一个圈子,王承斌表示钦佩王学礼的学识，又再三赞叹王学礼的品德，还对自己这几年没能经常向王议员请安问候表示歉意，更表示，从今之后要对王学礼和王姓人家格外关照，"莫说是天津卫，就算是华北一带，凡是有咱的仇人，大哥你说句话，二十四小时之内，我将他人头给你送来。"

"不不不！"王学礼吓得连连摇头，"我王学礼只知读书，没有对头，只有朋友，四海之内皆兄弟也，手足情深。"

"好，佩服，佩服！"王承斌拍着桌子赞叹不已，"有王议员这样的菩萨，中国才有前程。中国呀中国，你道这中国的事该多么难办呀。你说说咱们曹大总统该不该坐天下？你说说咱们直系军人是不是天下为公？你猜他们外边怎么说？"

"他们说咱曹大总统是治世豪杰。"王学礼自然是理直气壮地回答。

"放屁！"王承斌狠狠地在八仙桌上拍了一巴掌，震得桌上的茶壶、茶盅颠颠地直跳。这粗声粗气的一声斥骂，王学礼还当是王承斌在骂自己。但看着王承斌两道横眉凝聚的怒气，似又不是冲着自己来的，王学礼这才安下心来,听王承斌到底是骂谁放屁,"他们骂咱们曹大总统是独夫民贼。"

"放屁!"这次是王学礼回敬王承斌放屁的时候了。真真是岂有此理,咱们国会议员得五千元大洋才选上的大总统,何以是独夫民贼呢?再说,即使真是独夫民贼,你们也好歹要顾全些人家的面子呀!生了一阵闲气,王学礼又静下心来对王承斌说,"对于此等乱臣,王督军何不出兵讨伐呀?"

"民主!"这次,王承斌喊民主,比他刚才骂放屁的嗓门还大,"咱爷们儿的眼里是揉得进沙子的吗?一道军令,挥师南下,不就是江南那么几个穷酸吗?就不信,是他笔杆子有理,还是我枪杆子有理?"

"对,赞成。先哲古训:姑息养奸……"王学礼顺着王承斌的话茬说。

"不行。"王承斌抬手一拍大腿,泄气了,"大总统说,民主政治,就是要有个人站出来骂你。政体共和,就是他越骂你,还越是要满脸赔笑地听。就这样一面由他们骂着,咱还一面坐江山得天下,这才叫维新。"

"海涵,海涵!"王学礼对曹大总统的襟怀颇是钦敬。

"所以曹大总统说了,不光江南有几个穷酸骂,咱还得在江北找出一个人来,让他就在国会里边来骂,大家伙都说曹大总统治世有方,偏得有一个人站出来指手画脚地说三道四,也不能往要命的地方踢,还不能隔靴搔痒。"

"隔靴搔痒?"王学礼疑惑地问着。

"曹大总统说了,这个人不能在北京找,京都不稳,世面太乱;还不能在南方找,山高水远,鞭长莫及,你一把抓不着他。想来想去,这个人只能在天津找……"

"天时不早,督军大人,学礼该回家陪老母诵经去了。"王学礼越听越有点发毛,马上打断王承斌的话,他要耍金蝉脱壳之计了。

"废话也不多唠叨咧,王议员,这个程咬金,就由你唱咧!"

"哎呀,使不得,使不得!"听说选定自己到国会去充当反对派,吓得王学礼险些没尿了裤,顾不得什么仪态斯文,王学礼急匆匆站起来,拼命地摇着双手和王承斌争辩，"学礼议员是忠心拥戴曹大总统的呀！"

"知道！"王承斌又是一拍桌子，"若是存心和曹大总统对立的，还不让他骂哩！再说王议员一不在军界，二不在政界，三不在商界，四不在学界，你只一个人闹，没有人跟着起哄，成不了气候，左右不了时局……"

王承斌还要向王学礼演说这个反对派角色非他莫属的道理，这时一个马弁大步迈了进来，行一个军礼，然后报告说："报告督军，灯点着了，枪也装好了！"

听说装好了枪，王学礼倒长吁了一口气，他知道这枪不是那崩人的枪，而是大烟枪。果不其然，王督军一个哈欠，他一身鲁莽的行伍威风早已是化作一摊烂泥了。

登瀛楼饭庄临时为督军大人备好的烟室里，王承斌躺在大床上呼噜呼噜地吞云吐雾，一个专门侍候王督军吸鸦片的女子躺在王承斌的对面为他烧烟泡。一张方凳，王学礼先生在王承斌的脚下，战战兢兢地述说让自己去国会当反对派的不可为。只是王承斌理也不理他，一阵烟劲儿晕乎上来，王承斌似是在床上睡着了。

王承斌一觉醒来，已是夜半一时，伸伸胳膊，懒洋洋地坐起身来。这时，王学礼还在凳儿上坐着，唠唠叨叨地为自己求情呢。

"王督军，王督军，我王学礼一不想做官，二不想发财，三不想妖言惑众。这，这反对曹大总统的事，我是至死不能干的呀！"

"哎呀，我说你这人咋敬酒不吃吃罚酒！"王督军行伍出身，说话做事总是痛快直爽，呼地一下子跳到地上，哗地一下子佩上武装带，横眉立目地瞪了王学礼一眼，然后一面往外走着，一面粗声粗气地说："别忘了，我屁股后边还有一把枪哩！"说着，王承斌用力地拍了一下腰下的盒子枪，二寸流苏垂下来，摇摇晃晃地好不威风。

大难临头，大难临头了。

王学礼吓得魂不附体，他真悔恨自己当初怎么就起了当议员的念头，不干了，这个议员我不干了。只是这做议员可不似读书，想上学就上学，想退学就退学；做议员更不似做生意，赚了钱扩充门面，赔了本收市关门；甚至于做议员不似做土匪,穷得走投无路就去抢劫,有了钱再积德行善;说起来这做议员还不如当窑姐儿,想拉客就拉客,想从良便从良。这做议员就和卖身一样呀,既然你收了人家钱,黑签红签你就给人家卖命吧!

躺在德租界小洋楼的大卧室里,王学礼彻夜未眠。真是祸从天降,这反对派的角色是好当的吗?曹大总统高兴,有个人在他面前说些不三不四的话,他心静神安,知道一个没有个人势力没有背景的平民议员,孤孤单单,是成不了什么气候的。万一曹大总统不高兴,或是有朝一日曹大总统已成了猛虎落川,到那时他若不先下狠手杀了你这个反对派才怪。不可,不可!这世上还有很多很多东西王学礼舍弃不下,最最舍弃不下的,还有他的林姑娘。

第二天时近晌午,王学礼披衣下床,和往常一样走到阳台上呼吸新鲜空气,"刷"地一下子,他被吓出了一身冷汗。就在王公馆门外,大门两侧,一边站着一条黑汉。德租界法律,名门望族看家护院可以养自家的护卫,很有几户有财有势的人家,大门外日夜不断地有人把守,只是不许持枪荷弹,腰里边可以有硬家伙,叫作私人防身武器,防的是贼盗,摆的是威风。王学礼公馆,一处民宅,大门外一方金黄铜牌,上面写着四个字:直隶王寓。安详平和,毫无飞扬跋扈之意。可突然间,门外派了警卫,自己又没有花钱雇用,华有德也没向自己提及这个打算。明明是王承斌派下来的差事,一是怕自己跑了,二是怕有人暗害反对派议员,物以稀为贵,越是打爹骂娘的,越要多给奶吃——哄呗。

王学礼明明看见街上守门的黑汉还向阳台上望望自己,他不敢慌张,泰然自若地向下面的人笑了笑,似是自己早已知道门外设了守卫。大大方方,稳稳当当,王学礼在阳台上耍了几套拳脚,又看看花,看看草,抬头望望天上的浮云,怡然自得地回到房来,关上门窗,垂下窗帘,顾不得洗漱更衣,抱头鼠窜,返身便跑下楼来。噔噔噔,王学礼想不起来自己平生曾经为什么事跑得这样快过,穿下一楼大厅,跑过后院,推开小暗门,一步跨到英租界林姑娘的绣楼,三步并作两步,气喘吁吁,顺着叮咚的琴声,王学礼兜起一阵黑风跑去,咚地一声,踢开了林姑娘卧室的房门。

"林娜救我！"活赛是一个大白雪球滚了进来，王学礼一头倒在了林姑娘的软床上，噗地一下子软床塌下去，摇摇晃晃，再没有弹起来。

"绑票？"林姑娘天资聪颖，对于中国的国粹了如指掌，诸如什么军阀混战，地方火并，聚众闹事，趁火打劫，明火执仗，坑蒙拐骗，以至于偷盗抢劫，无一不深知端底。此时此刻她看见王学礼屁滚尿流的惊慌神色，猜测必是遇见了什么可怕的横灾，一没听见枪响，二没看到火光，平安之中的突发事变必是歹人绑架老财无疑了。

王学礼来不及对林姑娘说清来龙去脉，他只是把今晨门外突然出现凶汉的事讲了个端倪，然后便央求林姑娘说："找个妥切的地方吧，我要躲些日子去了。"

对于王学礼的所作所为，林姑娘历来不问原由，不究是非，不评说利害得失，她永远不会忘记自己卖身的地位，只是去顺从主子吩咐下来的命令，满足他的一切要求。

回城里的旧宅，是万万不行了，德租界的公馆尚且派了守卫，中国地境内，更是督军的天下。再去"德意志帝国大学"？塘沽的房子谁知道华有德卖给了谁，再说这去处又不能让华有德知道，普天之下，只有一个林姑娘到节骨眼上拿自己的命护着王学礼的一条命。如何是好呢？一切要神不知鬼不觉，还要争分夺秒："只有一个去处，那就委屈你了。"林姑娘未假思索，当即对王学礼说。

"无论什么和尚庙、尼姑庵都行，只要能把我藏起来。"王学礼焦急地回答，说着，他伸手把林姑娘拉过来，紧紧地抱在怀里，莹莹的泪珠不禁滚了出来，"我舍不得你。"

历来，林姑娘对学礼的怜爱没有反应，她从不抗争，从不拒绝，从不回避，从不躲闪，无论王学礼要怎么样，她永远都是温顺地服从。无论是抚爱，无论是戏弄，也无论是怎么样，林姑娘都听之任之，而且事过之后泰然自若，就似什么事也没发生一样。

天津卫这么大，千条街万道巷，人山人海，莫说是藏一个王学礼，就是藏一千个、一万个王学礼，也能连一丁点蛛丝马迹都露不出来。君不见多少男男女女进了大津，便再没有消息了吗？你说，找不着活的，咱找死的,人死了总得往地里埋吧,天津市里没有墓地,到了郊外,咱一个坟头一个坟头地去找。又是少见识了,在天津卫,死了人不一定都往地里埋,弄个大麻袋,将个欢蹦乱跳的汉子装在里面,再系上一块大石头,"咚"地一声扔到万国老铁桥下边,你说说能有坟头吗?

王学礼失踪,天津议员团不能按时赴京,天津督军王承斌火了,这还讲什么民主?连民主议员都溜号了,那民主的国会还如何开?一生气,王督军派下汽车,直奔德华洋行,不容分说就把苏维新抓来了。

"我跟你要人!"王承斌对苏维新可不像对王学礼那样客气,"这个议员'号儿',是你花钱给他王胖子买的,俺又拿你买议员'号儿'的钱,买了你的枪炮……"

"督军大人息怒,这是为了嘛呀?"苏维新陷坐在大沙发上,悠悠地点着了大雪茄烟,他早听惯了这些兵痞的喊叫,自然也不把这看成是一桩什么了不得的大事,反而笑眯眯着眼睛,酸溜溜地向王承斌问着。

"你说,让王胖子上国会去反对曹大总统,是不是你出的主意?曹大总统让我给他物色一个人,在国会上装腔作势地跟曹大总统犯'拧'，曹大总统说东，他偏要说西。就是哪壶不开提哪壶吧，我找不出人来，问你，你说就王胖子吧，是你不是你？"

"是呀。"苏维新泰然地吐着烟圈儿回答，"是又怎么样？"

"王胖子跑了，找不着了！"王承斌一拍桌子，呼地站了起来。

"跑了就跑了呗，干吗着急呀？"

"还不着急？"王承斌被问得火上浇油，返过身来，他站在苏维新对面粗声粗气地喊着。

"后天前晌十点，老龙头火车站欢送会，议员团里数他胖，记者们若是看见进京议员里不见了那个头号胖子，还不得炸了营？再说，曹大总统面前我如何交账？一开会，又是统统举手，等个人出来犯愣儿，没戏！事先交办下来的差事完不成，我就得军法处置。"

"嘻，我还当是天塌下来了呢。"苏维新掐灭雪茄烟，站起来轻爽地对王承斌说，"不就是后天上午十点吗？王胖子准进到火车站就是了。"

"你把他藏起来了？"王承斌指着苏维新的鼻

子问。

"好不容易找出个人来给我推销军火，我藏他干嘛？"苏维新一面穿外衣，一面回答。

"他去国会给你推销军火？"王承斌问。

"哎呀，这道理，你们行伍出身的不明白。曹大总统找个议员做反对派，是为了装潢门面，可南方几省看见国会里都有人反对曹大总统，他就得忙着招兵买马。"

"好你个苏胖子，两头卖军火，当心我崩了你！"王承斌似是见怪，但又没有动火。

"崩了我，你去哪里买军火呀，德国军火代理，只我苏维新一个人，哈哈，哈哈哈哈。"苏维新笑着，大步从督军府走了出来。

走出督军府，苏维新没有回德华洋行，而是吩咐司机开车直奔原来的俄租界，到了俄租界，苏维新从汽车里走出来，告诉汽车司机将车开回洋行，自己要去一个地方，快到了，步行也可以的。

汽车司机当然猜得出苏维新去什么地方，在天津市各个租界，苏维新都有小公馆，一处小公馆里养着一个如花似玉的小女子,有中国女子,也有东洋女子、西洋女子,每次苏维新去这些小公馆销魂,都是让汽车开到小公馆附近,将汽车司机打发走,自己才往那个好地方走去。就这么着,这许多年,他家老醋坛子正夫人,明知道苏维新在外边金屋藏娇,四处寻访,愣是没访出来。

今天,苏维新没去自己的小公馆,拐大道绕小街,他来到谢家胡同,进了蓝扇子公寓。

被天津爷们儿蔑称是俄国窑子的蓝扇子公寓,实实在在比王承斌的督军府可要高雅幽静得多了。进得门来,花圃、假山、小溪、石椅,十足的俄罗斯庄园风光,没有喊声,没有喧哗,没有笑声,只有鸟语花香,树丛间偶尔走过的俄国女佣,戴着花褶帽,穿着镶花边的长裙,斯文安详,明明是大家闺秀。

一楼的大厅,灯光柔和,稀稀疏疏几张桌子,冷冷清清的几个嫖客,但没有人作陪,只有侍女送上咖啡、威士忌,咖啡具、酒具都是金器银器,大厅深处一架大钢琴,一位妙龄少女在认真地演奏,钢琴旁一个大胡子俄国老人,脖子下面夹着一把小提琴,拉着深情的曲子,如泣如诉。琴声伴奏下,一两对舞伴缓步跳舞,男人不带淫相,女人不露媚态,明明是些名士、贵妇在消磨时光,而且舒适安详。

苏维新没有进大厅,绕过回廊,他径直走上二楼,俄国老鸨娘拖着长裙出来迎接,寒暄几句,苏维新径直走进一间大房,女佣跑来拿钥匙打开房门,推门致礼。这儿是苏维新的包房,摆设阔气,一尘不染。

坐在自己的包房里,苏维新并没有找老鸨娘打听这几日的客来客往,他知道在蓝扇子公寓里实行的是帝俄的法律,私人包房神圣不可侵犯,房客不许打听其他房间的情况,任何人全是一问三不知。

知道苏维新大驾光临,被苏维新包下来的一名俄国女子匆匆地赶来。这又是蓝扇子公寓里的帝俄法律,房客包了客房,包了女子,但房客不在,女子不得在客房逗留,因为私人财产至高无上,全是人家花钱包下来的,一切全归人家所有,被人包下来的女子绝不能仗势占用人家的房间。房客走后,她只负责将客房收拾干净,然后再住回大房间。如此,才得名叫蓝扇子公寓。

包下来的女子来了，苏维新也不十分理睬，只由她在一旁弹琴，读书，煮咖啡，聊天。已经到该用晚饭的时候了，苏维新让俄国女子通知起士林餐厅，让他们给这里送一套俄式大菜，量不必太多，够两个人吃就是了。

起士林餐厅的博依将罗宋汤、烤龙虾、铁扒杂拌儿、烩鱼等一套西餐送进苏维新的包房，苏维新另外给了送饭的博依一份小费，然后似是突然想起了什么事，便关心地对博依问："黑面包烤出来没有？"

"我马上回去给您取。"博依返身就要走。

"不忙，不忙。"苏维新挥手将博依招回来，"晚上，你不是还得送一趟吗？"

"还有一趟。"博依回答。

"那趟给我带来就是了。告诉大厨，多放起司，要刚出炉的。"苏维新吩咐着。

"是，是。"博依答应着，返身走了。

夜里十一点半，起士林餐厅博依托着刚出烤炉的黑面包，另外挎着一个大提盒，一溜小跑，将热腾腾的黑面包送到苏维新的包房里，为此，他得了一元大洋的奖赏。

从苏维新的包房走出来,起士林餐厅博侬还要给另一位房客送饭,苏维新吩咐自己包下来的俄国女人在暗中跟随观察,不多时,俄国女子回来向苏维新报告说,起士林餐厅送饭的博侬进了三楼的五号房。

"哈哈哈哈,我可找到你了。"三楼五号房的房门被推开,哈哈大笑的苏维新摇晃着胖身子走进来,愣是把正在用饭的王学礼惊吓得餐具落在了地上。

"唉!"王学礼气馁地叹息一声,心情渐渐平静下来。何以苏维新料定,那王学礼必是躲在了蓝扇子公寓呢?你想想此中的道理呀,他王学礼德租界大公馆和林姑娘英租界小洋楼只有一墙之隔,中间一个小门相通,王学礼没从前门出来,而是溜出后门,林姑娘又能把他往哪里藏?这蓝扇子公寓是不会给房客走漏风声的,凭你把刀横在下巴上,上至老鸨娘下至煮咖啡的女佣,绝不会被你唬出半句真言,帝俄古国有这样一帮刚烈的老娘们儿,到最后还是亡了国,冤枉。

"你呀,你呀!"没等王学礼为自己的隐身申辩,苏维新一屁股坐在沙发上,伸出一根手指,点着王学礼的鼻子数落了起来,"不够汉子,尿虎!"

"尿虎"者,天津人中的胆小鬼也,实指墙上的壁虎,一遇惊吓,当即暴出一泡尿来,腥臊无比,借此逃之夭夭。

"就这点芝麻粒的胆量,你还想日后发旺?没让你聚众闹事,没让你自立山头,没让你招兵买马、冲锋陷阵,小芯子了,可惜了的七尺须眉呀,你就住蓝扇子公寓瞧俄国窑姐儿光屁股跳舞吧。"

"谁想当这个孙子议员?我不干了。"王学礼嘟嘟囔囔地缩着身子,明明成了一个大肉球。

"你以为这国会议员是想当就当,想不当就不当的吗?"苏维新松松脖子上的领带,呼哧呼哧地问着,"跟你明说了吧,做皇帝的觉着天下不稳可以退位,当督军的看见大势不好能够出家,唯有这议员,国泰民安时做议员,天下大乱时也要做议员,难道你忘了德意志帝国大学的传授了吗,唯科学民主乃立国之本也。"

"嘛是帝国大学的传授呀?我没听过。"王学礼气急败坏地喊叫着。

"你呀，你呀，说是留学，其实光在柏林串八大胡同了，是不？"苏维新还是嘻嘻哈哈地说着，"说民主，道民主，闹了半天你还是不知嘛是民主。民主民主，说到底，就是为民做主。工农商学，男女老幼，芸芸众生，平民百姓，能真让他们做主吗？倘若他们真的做了主，这英雄豪杰又做什么用呢？"

"我不当英雄豪杰，我嘛都不当，嘛都不贪图，我只想躲个地方，跟林姑娘过太平日月。"说得一副可怜相，王学礼已是央求了。

"哟，想给俄国老皇帝做驸马爷。"苏维新说着，又笑出了声，"造化不小，艳福不浅呀！只是，你知道这林姑娘是从哪儿来的吗？平白无故的，为什么九河下梢的天津卫地面上就冒出来一个俄国公主？"

这一下还真把王学礼问愣了，他在沙发上坐直了身子，眨巴眨巴眼睛，想不出个所以然。

"早以先，她不就在维格多利舞厅当舞女吗？那时候就说她是俄国公主。"王学礼含含糊糊地回答。

"那又是谁将她带到维格多利去的呢？"苏维新步

步紧逼。

"你呀,坐你的车来,坐你的车走。"

"我又是从哪儿把她弄来的呢?"

"她们家?"王学礼被问得犹犹豫豫。苏维新把脚踏了一下,算是对王学礼的回答。

"这儿?"王学礼更是疑惑。

"对,就是这儿,蓝扇子公寓!"

"你放屁!"呼地一下子,王学礼活赛是发疯的大白熊,吼叫着就向苏维新扑了过来,幸亏苏维新躲得快,否则真被王学礼砸在身子下边,被压成大肉饼不可。

"这有什么可大惊小怪的?此一时,彼一时,她叔叔坐江山,她是公主;她叔叔让革命党杀了头,流落风尘,她就成了俄国窑姐儿。"

"我劈了你!"听说自己心目中的女神原来是俄国窑姐儿,王学礼怒发冲冠,真想把苏维新一刀劈作两半,挥着一双胳膊,就冲着苏维新抓了过来。苏维新左推右挡,终于没让王学礼抓着。

"你听我往下讲呀!"苏维新早从大沙发上跳起

来，躲到了墙角处，还是心平气和、不慌不忙地对王学礼说，"林姑娘没卖过身，没表演过天体舞蹈，老鸨娘还没敢打她的主意。奇货可居，我知道这样难得的尤物，来日必得献给一位大富大贵的郎君，包出来这么几年，我都没敢碰她一指头，你说说，是干净身子不是？"苏维新理直气壮地问王学礼。

"嗯。"王学礼点点头，对此不存怀疑。

"唉，冤有头，债有主，她林姑娘的福气到头了。如今王议员退出政界，我也该把这个妞儿还给人家蓝扇子公寓了。"

"我把她赎出来！"王学礼又是一声吼叫。

"那，我把老鸨娘找来，你和她说说价。"苏维新语音冷酷，明明是在谈一宗交易。

无精打采，王学礼夹杂在天津议员团当中，隆隆隆乘火车到了北京，又嘀嘀嘀乘汽车住进了六国饭店。来京之前，王督军给每位议员另外关照了车马费，在京一切吃住，统统由国会承担，众议员一个个都抱定不吃白不吃的宗旨，每日开会吃肉如仪。

议员中只有王学礼心里不是滋味,何以自己就被选中要扮演这个反对派的角色？拥戴曹大总统,绝非王学礼的本意;反对曹大总统,王学礼又没那份闲情。曹大总统不过是走马灯里的人形纸马儿,而参众两院不过就是那盏纸糊的花灯,纸马儿转起来,你过来,我过去,只有纸糊的灯亮着,无论露出谁来,都凑成一台戏,自己何必非要去节外生枝,弄好了出个风头,弄不好,说不定丢了性命。

　　谁让自己想给林姑娘赎身的呢？苏维新答应,四年为期,无论是曹锟稳坐江山,还是改朝换代,他王学礼再不竞选议员,作为一届从政的酬劳,为林姑娘赎身的花销,一律包在苏维新的身上。那天在蓝扇子公寓,苏维新只作是开个玩笑地将俄国老鸨娘找来,似是无心地问她,从蓝扇子公寓买出随便哪位俄国小姐要多少钱？那个老鸨娘一开口报了个数,吓得王学礼出了一身冷汗。二十万！你们当这全是些凡人吗？顶不济的也是公爵小姐,精通法语、德语、音乐、文学,还有非凡的神韵,哪一位不比你们中国的姑娘强？真是让人不可思议。在外国,被皇帝选中的妻子必是天下第一美女,而中国皇帝说亲,娶过来的全是丑姑娘,胖身子,大圆脸,小眼睛,平胸,塌鼻子,一个气死一个地瘪,全是傻瓜。

唉,王学礼呀王学礼,从什么时候你就恋上了林姑娘呢?无可奈何,为了林姑娘,这个红脸汉子外加白脸奸臣的戏,只能由他唱了。

国民议会开会,果然是肃穆隆重,会议堂正面墙上,红黄蓝白黑五色北洋政府旗帜高悬。五色旗下,是曹锟大总统戎装全身画像,头戴大总统及大元帅通用礼帽,帽上竖有硬翎鹅毛一根,身着笔挺军装,胸前各色绶带左右交叉,挺胸站立,腰间挎有战刀一柄,曹大总统一手握刀柄,一手抚胸前,暗喻文武双全、尚武崇文之意。曹大总统全身画像前边,议长席高高在上,一位黑袍议员正襟危坐,桌上备有铜铃一只,议长每于议员躁动喧嚣时摇铃镇服。议长桌前有讲台一张,讲台下有一踏板,演说议员站立于踏板之上,果然风度翩翩。

大堂之内,各议员团分席而坐,其中有肥有瘦,有黑有白;有人穿长衫马褂,更有人西装革履,还有人着燕尾服、蝴蝶结，桌上放置高顶黑色硬礼帽一顶，颇似八国移民。此外还有中西合璧者，穿长衫，着皮鞋，西装裤，持西式文明杖，蓄东洋式一字胡，戴圆形眼镜，剪半长半短背头。偶有女议员掺杂其间，面色冷漠，目不斜视，果然是女中君子模样。做国会议员，的确是很赚钱的行当，也算得旱涝保收的生意。国会开会时可以领到车马费、津贴费，此外还有宪法会议出席费、常会出席费、特别酬劳费，以及招待补贴费、秘密费。夏季国会有"冰敬"费，类似半个世纪之后的防暑降温费；冬季国会有"炭敬"费，演进到后来就是取暖费。这个费那个费加在一起，当一名国会议员，胜于开一个中等规模的饭铺，比不得洋行经理，强过于粮店掌柜，远超过良田百亩，比自己经营个小商号强多了。

白拿钱白吃粮，人家唱戏咱帮腔，由此，众位议员与政府一致，是不言而喻的。当时为了混个热闹，国会演说也有人抨击种种弊政，什么平匪不力，赈济不多，全都是责怪救国救民的事办得还不够漂亮，但对于五千元大洋贿选总统、列强面前卖国求荣的种种内幕，议员们那是闭口不谈、佯作不知的。

王学礼报名演说,被国会议长排在了最后一天的最后一名。说是压轴戏,其实不然,国会开会该领的领到了手,该发的发到了人头,最后一天只有晚上大宴是众位议员不可不去的, 第二天一早又要纷纷离京,趁着最后一天,有亲友的去走亲访友,没有亲友的忙着去结识新交,买东西的、看热闹的、逛大栅栏的、还有串小胡同的,人人都忙着去做自己的事,所以,这国民议会的最后一天会议,除了议长之外,全是各个议员团抽黑签留在会场里的倒霉蛋。

　　站在议会厅的演讲台上,王学礼手心里沁出了微汗。大庭广众之下,王学礼还没有发表过政治演说,虽说今天会堂里没有几个人,但居高临下往会堂里望去,仍然是黑压压一片,辨不清哪张椅子上有人,哪张椅子上没有。哆哆嗦嗦地掏出讲稿,这讲稿是天津老龙头火车站上,华有德暗中塞给他的。当时王学礼还问华有德:"嘛?"华有德回答说:"我也没看,说是照念就行。"华有德塞给自己的演说稿,又是谁塞给华有德的,王学礼没时间问,也没心思问,反正是祸是福,只能随它去了。

刚一到北京,住进六国饭店,王学礼就看了一遍演说稿,一句一句触目惊心,吓得他魂不附体。他估摸着一旦自己上台宣读这篇演说稿,台下必会有人骂娘,还有人拍桌子,吹口哨,扔臭鸡蛋是来不及的,必有人往台上扔茶杯,说不定还会有人放黑枪。天爷,王学礼这条人命,说不定就糟践在议会堂里了。

稀稀疏疏地有几个人拍巴掌,王学礼有风度地点头还礼。他心想:再过一会儿,你们就不拍巴掌了,由你们闹吧,不全是为了林姑娘吗?能眼看着又让蓝扇子公寓把她领走吗?

"民国肇建,逾今十载,人祸天灾,生民涂炭。"几句礼节性的寒暄之后,王学礼战战兢兢地读起了讲稿,才念了十六个字定场诗,他早为自己的偏激言词吓呆了:这还了得,明明是找死呀。咬咬牙关,他还是念了下去,"惟于去岁曹锟就任大总统以来,虽也力主和平,推进民主,但一年之中,国无宁日。先是江浙诸省,水潦为灾,后是华北旱情,颗粒未收。为此,本议员已是忧心忡忡,只是自叹力薄,欲救生民于水火而力不从心。谁料近日以来,更有各路军阀发生种种误会,常有移调情事,大动干戈,兵车所至,万民惊慌,两军火并,血流成河。想我曹大总统身为一国之君,只知于国会空谈民主政治,不能赈济灾民以一禾一粟,而我国会内部,更有不良议员把持权柄,左右政局,而地方贪官污吏更未能惩处根除,如此国会,如此政局,试问曹大总统治国之术安在?治国之心安存?本议员为亿万同胞生存安危计,恳切呼吁曹大总统改革政体,平定叛乱,立即调动精锐之师,挥戈南下,共维大局。国事不宁,民不安居,曹大总统何以报答四万万同胞拥戴之情欤!"

　　一篇讲说稿念完了,没有人打黑枪,没有人跺脚,没有人喊叫,没有人骂娘,没有人飞茶壶,没有人吹口哨,平平淡淡,安安详详,活赛是王学礼什么话也没说,活赛是大家伙什么也没听见。这一下倒把个王学礼冷落在了讲台上,他看看台下,又回头看看高高在上的议长,动动肩膀,表示自己讲完了。议长冲着他打了个哈欠,似是对他说,讲完了你就走吧。这才提醒王学礼,该下台了。

　　"哪!"一声巨响,把转身往台下走的王学礼吓得跌倒在台阶上,他以为是背后有人打黑枪,抖抖身子,不觉疼,看看地上,也不见有血迹,回头向议长席上张望,原来是议长正举着一只木槌敲桌子:"散会!"乱弹琴,不是摇铃吗,怎么这散伙的命令换成木槌了。

少见多怪,自己也太拿这个反对派当一回事了,幸亏是苏维新把自己找了回来,要不这条赚钱的道白糟蹋了。什么拥戴,什么反对,全没人当作是一回事,有本事争天下的,全真刀真枪地比画上了,在议事堂里说东道西的,全是混饭吃的清客,随你唱什么吉祥话哄人,也随你说什么刺耳的话骂人,根本就没有人听。唉,民主民主,民主是油,无论煎炒烹炸,没有油不香;民主是水,无论是馒头米饭,没有水煮不熟,但人家吃的是鱼是肉,充饥的是米是面,至于烧菜的油煮米的水,才没有人当一回事。

哈哈哈哈,王学礼这次又赚了。

回到六国饭店,倒在床上,王学礼好一种得意心情,想一想明天中午就能见到林姑娘了,心中觉得好甜好甜。以王学礼的家族遗传,以王学礼的财势,他本来不懂得什么是男女间的情爱,娶妻生子,嫖娼宿妓，一切全是他王胖子的福分。但一个林姑娘却改变了他的心境，对于女人，他发现了一个无限美丽、无限甜蜜的世界，人生对于他不再只是钱只是权，女人对于他也不再只是顺从和拥有。林姑娘把他带进了一个全新的幻境，在这里他看到得到的一切，是一个他从先人的教诲和经史子集的书册中闻所未闻、见所未见的世界。

班师回府，王学礼要回家了。想一想和林姑娘重逢的种种情景，王学礼的心怦怦地跳得颇是急促。匆匆收拾了一下衣物，还有两件从东安市场买来的小玩器，要找张报纸包起来，正好桌上放着上午送来的报纸，伸手便取了过来，双手将报纸展开，才要用它包裹玩器，醒目的大号黑体字，吓得王学礼险些喊了声娘。

"天津议员王学礼抨击时弊，贿选总统曹仲珊治国无方。"下面，密密麻麻的小字，报道的是王学礼如何在台上慷慨陈词，其言亦真，其情亦切，痛心处，王学礼议员挥臂举拳，声泪俱下，已是感人至深。谁料，议会堂内突成一片喧嚣，辱骂王议员者有之，挥杖殴打王议员者有之，可敬王议员不畏强暴，舌战群雄，最后终将演说稿宣读完毕。据此间人士预测,王议员返津必遭王督军软禁云云。再下面,便是王学礼的演说词全文。

王学礼呆了,活赛是油锤掼顶挨了电击雷劈,眼前一阵金花,他咕咚一声坐在了地上。自己从上台演说到现在回到住处多不过三几个小时,何以这报纸就印出来了?没有向自己索要演说稿,自己也没有发现议事堂里出了什么骚乱,何以这无中生有的勾当就干得这么利索,这么高明?而且这报纸明明是在自己发表演说之前就印出来的,报上所载议事堂里发生的一切,也全是事先编造好的,明明是一个圈套。只是,这到底是要糊弄谁呢?糊弄曹大总统?曹大总统自己是糊弄人的,他才不怕别人糊弄他。糊弄老百姓?老百姓够顺民的了,犯不上糊弄,就在他门前摆战场,炮弹枪弹地飞过来飞过去,也没见哪个老百姓闹脾气。要么就是糊弄他王学礼?何必费这么大功夫,下这么大本钱,又是如此兴师动众呢?王学礼百思不得其解,估摸着有点什么不合情理的事要发生了。

晚上宴会,一进宴会厅便没人理睬王学礼,就像

·167·

谁也不认得他似的，入席就座，王学礼往哪桌凑合，那桌的议员便立即四处逃散，最后王学礼自己找了个空桌，一个人坐好，这张桌子便从此只有王学礼一个人。侍者上菜，低声细语地问王学礼："素席？"王学礼火了，"他们吃嘛我吃嘛，素个屁！"果然是议员脾气。

席间，没有人来向王学礼敬酒，没有人来和王学礼道别，王学礼活像是个麻风病人，所有人都离着他好远好远。

这一餐饭，吃得好没味道，王学礼一个人吃闷酒，连头也不敢抬。众人酒过三巡，宴会厅里已是一片欢声笑语，就趁着各地议员相互走动敬酒话别的当上，玉学礼悄悄地溜出宴会厅，出门雇了辆轿子马车，无精打采地回到了六国饭店。

唉，上当了，王学礼已是后悔莫及。原以为不过就是一场戏吧，不过是让自己演个小花脸，凑凑热闹，何况他们又下了保证，只是表演表演而已，没有人认为你是真和曹大总统对立。及至议事堂念完演说稿，台上台下毫无反应，这台戏就算唱完了。谁料想，报纸新闻界添枝加叶，一番胡编乱造，事情被张扬得不可收拾了，真是唯恐天下不乱。王学礼此时此刻真恨不能下一道命令，将凡是造谣生事、妖言惑众的报棍子们通通拉去正法，绝不留情。

活像是一只泄了气的皮球，王学礼有气无力地推开了房门，气汹汹地扯下西服上衣，恶狠狠地摔在地上，"嗖"的一声将一只皮鞋甩到墙角，又"嗖"的一声将另一只皮鞋甩到了屋顶上，皮鞋掉下来，又是"嗖"的一声巨响，王学礼才扑通一下倒在大软床上。

支棱一下，王学礼活赛是触了电，一道闪电一般，从大床上跳了下来，速度之快，动作之敏捷，绝非他这种体型的大胖子所能为，但他还是跳到了地上。

一个人影，一个大活人，就坐在王学礼客房的大椅子上。

"刺客！"王学礼一声喊叫，立即双手抱住脑袋，缩成一个肉团往床下钻，软床太低，王学礼太胖，钻不进去，便只能往墙角处缩，一面缩，还一面向那个人影悄悄望着。

坐在大椅子上的陌生人站了起来，一步一步地向王学礼走过来，步履缓慢，大有来者不善、善者不来的侠客气度。

"好汉枪下留情。"王学礼缩在墙角哆哆嗦嗦地说,"学礼一生清白,于权于势无所贪求,出面抨击总统大人,全是他们在背后操纵指使的呀。凭我王学礼一介草包,能有今日一番狗模样,全都是曹大总统的一手栽培呀……"

"学礼兄,你这是怎么了?"打断王学礼的话,"刺客"走到王学礼身边,停住脚步,说话了。听这声音好熟,王学礼抬头向上望望,没看得十分清楚,再往上望望,呸!王学礼冲着"刺客"狠狠地吐了一口唾沫,呼哧呼哧地爬了起来。

"你混账!"爬起身来之后,王学礼冲着"刺客"痛骂,"刺客"忙俯身过来搀扶王学礼,王学礼余怒未消,狠狠地将"刺客"推开了。

"刺客"者,相士鬼谷子也。

"鬼谷子来客房恭候大少爷多时,未料竟晕乎乎地睡着了,偏又睡得沉,连大少爷进门都未觉出,刚才鬼谷子梦中正见一座大山呼啦啦倒了下来,睁开眼,才看见大少爷从床上跳了下来,呓呓怔怔的,也没有通报姓名。"鬼谷子解释着,连连地冲着王学礼鞠躬。

"你跑这儿干嘛?"王学礼坐在软床边上,怒气未消地向鬼谷子问着。

"我来给大公子贺喜呀!"说着,鬼谷子抱拳向王学礼作了一个大揖。

"吃饱了撑得难受,你是找挨啐呀!"历来,王学礼对鬼谷子讲话总是骂骂咧咧,如今又在气头上,自然更不中听了。

"学礼吾兄不知,你是大喜临门,吉星高照,已是福禄加身了呀!"

"又穷疯了,是不?"王学礼还是不肯轻信,他抢白着鬼谷子说,"知道我进京开国会多了点进项,想在我回家之前都弄到手,又欠下赌债了,还是学会抽鸦片了?"

"鬼谷子冤枉,鬼谷子冤枉!"鬼谷子连连争辩,"苍天有知,这大半辈子鬼谷子什么时候和王府上说过半句假话?是福,我如实禀报;是祸,我不避重就轻。无论是吉是凶,我绝不敢有半个字的隐瞒呀。百年之后,鬼谷子还要去见恩师,在人间不怕作孽,到那时我还怕恩师割了我的舌头呢！"鬼谷子说得情真意切，这倒真让人不好不相信了。

"有话快说，有屁快放！"大凡自以为高人一等的人，总是发觉别人的话里有一股屁味儿。

"今日上午，鬼谷子坐堂，和每日一样，依然是先将数种报纸浏览一番……"鬼谷子和王学礼面对面坐好，鬼谷子端起一副大相士的神态，来龙去脉，他要对王学礼讲讲命相。

"别提报上的事。"王学礼想起报上对他的宣扬，依旧胆战心惊。

"不提报上的事何以说命相呢？"鬼谷子语音谦和又严肃，"看过今日的报纸，看过报上所载江南江北对吾兄的种种议论，再回头审视吾兄的生辰八字，哎呀，明明是一轮旭日当空升起，吾兄的鸿运到了，非不能成事也，时不至也，运不通也。学礼吾兄在上，受不才鬼谷子一拜，待来日吾兄贵及人臣，威震一方，可别忘了提携鬼谷子为你做八卦军师呀！无论是调兵遣将，运筹帷幄，不才还要助吾兄一臂之力呢。"

"瞎白话嘛呀，有话快说。"王学礼已是有些不耐烦了。

"平心而论,学礼兄昨天在国民议会上宣读的那篇演说稿,实实在在不算高明,文理不通之处,比比皆是。"

"那压根儿就不是我写的。"

"只是,选定昨天这个日子,我兄一举成名,此乃得天之助也。"说到这里,王学礼要插嘴,鬼谷子一挥手将他的话顶了回去,仍自顾自地说下去。

"昨天是什么日子?年在辛酉,月在戊辰,日在己未,而吾兄的生辰八字则是甲申丙子壬寅辛亥,命相学论定,甲禄在寅,乙禄在卯,而吾兄是辛禄在酉,己禄在亥,如是,吾兄是岁禄、建禄、坐禄、归禄集四禄于一身了,这难道还不当喜当贺吗?若早一日我兄成名,那就是丙火尚未司权,而壬寅又逢金水,虽有一时显赫,只怕未必久安了。倘晚一天成名,那就更不待细言,恐怕还未必就是幸事了。正好的是吾兄的甲申丙子壬寅辛亥,逢上了这辛酉戊辰乙未丁卯,这才是'将星文武两相宜,禄重权高足可知'了,老兄,出人头地、飞黄腾达的时辰到啦!"鬼谷子说得好不兴奋,他自己的脸都激动得红润了。

"你那张嘴,鸡屎眼儿一般,胡扇呗。"王学礼还是不以为然,嘟嘟囔囔的就是不相信。

"撇开命相,咱们来论论当今的时局。"鬼谷子见论得太深奥了,王学礼接受不了,便转而对他说点实实在在的浅显道理,"军阀混战,天下大乱,兴风作浪的本来全是些兵痞草寇,凭他曹锟一介武夫,居然窃居民国大总统的要职,无德无才,还不是靠的五千元一张选票的国会贿选?如今,曹锟京城称王,群雄各地称霸。河南洛阳督军吴佩孚,雄心勃勃,不甘人下,宣称必将取而代之,所以这曹锟坐在京城发的圣旨,到了洛阳就变成了狗屁,洛阳吴佩孚一跺脚,这京城总统府的房顶就要摇三摇。再有盘踞南京的齐燮元,那更是不可一世,他早已一而再、再而三地宣告独立,视曹大总统更是一文不值。还有东北的奉系,江南的皖系、桂系,精兵百万的西北军,谁把曹锟放在眼里?九九归一,曹锟这才惧于内外压力,不得不在国会里巧做民主表演,抬出一二议员对自家江山略施微词。既然这根红签抽到学礼吾兄手里,那么从今之后,有曹锟百依百顺地养着你哄着你,而各路诸侯又以吾兄为反曹英雄,自然就更要抬着你捧着你,而亿万民众又将吾兄视为主持公道,仗义执言,一箭三雕,任他鹬蚌相争,吾兄就只管坐收渔翁之利了。"鬼谷子口若悬河,推算出王学礼已是时来运转了,倒是王学礼还是不肯轻信,只觉着这一场事端还是凶多吉少。

"你也是说得轻巧罢了,反正是脑袋瓜子别裤腰带上,你们这些江湖术士只会花言巧语,明明看见别人玩火玩刀还一旁起哄帮腔,老祖宗留下的古训没有错,玩火者自焚,搬起石头砸自己的脚,菜刀哄孩子——不是玩的,从尿床的时候老娘就嘱咐我,刀和火这两样东西不能玩。"王学礼摇头叹息,目光仍是惊恐不安。

从北京开回天津的火车缓缓地驶进了老龙头火车站,王学礼虽说是心上压着乌云,但想到即将见到林姑娘的种种情景,依然是有点心花怒放,从座位上半欠起身子向站台上瞭望。说也奇怪,今日站台上却变得格外冷清,没有一个人影儿,没有人等车,没有人下车,连铁路局的人都看不见一个。怪事,同车的议员们都发现情况可疑,大家一同扒着窗子向外望。有人说这也许是为了欢迎议员团返津,铁路局特意把站台上的闲杂人等撵出了车站;有人猜测也许车停后会有督军、市长来站台迎接。七嘴八舌,众说不一。缓缓地,缓缓地,待到火车停了下来,大事不好,呼啦啦从铁路两侧跑过来两队荷枪实弹的军人,领队的长官喊着口号,屁股后边挎着盒子炮,"唰唰唰"军靴踢得震天作响,一口气跑到火车两侧,突然一声令下,两队军人立时散成两队长列,大枪端起,刺刀闪光,凶神恶煞地把这列火车警戒了起来。

抓人!王学礼和所有议员一样,一起闪过了这个可怕的念头。这车上必有要犯,必有奸细,必有匪首元凶,不捉拿大人物,不是这个阵势。去年前大总统黎元洪被曹锟赶下台逼出北京,乘火车到天津来,车站上就是这个阵势,如临大敌,戒备森严。可是今天,这列火车是国会议员的专用观光车,车上没有一个普通乘客,这个被捉拿的罪犯必是在这些议员之中了,而且看看警戒在火车两侧的军人神色,明明就是一旦捉到便要就地正法的势派。王学礼疑惑地看看众人,众人疑惑地互相望望，忽然心有灵犀一点通，众人"唰"的一下子从王学礼身边散开去了。

王学礼一屁股坐在了大椅子上，完了，完了，冤有头，债有主，飞来横祸，如今到了收场的时候了，自己倒也没有别的奢求，只求再看一眼林姑娘，只求苏维新给林姑娘安排一个妥切的去处，然后若是再容个半钟头，那就再见见老娘，跪在老娘面前，叩谢养育之恩，不孝男王学礼未尽人子之责，母亲恕罪。

"嗡，嗡"，一阵一阵从窗外传来了人群的喊声，明明是老龙头火车站外聚集着成千上万的人，还可着劲地一起喊叫。喊什么？听不清，但喊的声音极强，又是同声同调，明明是在喊口号，仔细听："严惩独夫民贼！"天津卫的家乡父老呀，你们受人愚弄了，我王学礼不过是个被人牵线表演的木偶罢了，我何以敢公然反对曹大总统呢？

喊声越来越强，明明是火车站前空地上的万千民众在闹事。闹什么事呢？自从政体维新之后，北洋大学、南开学堂的学生们动不动就上街，不肯安心读书，可是此次国会议员返津，又与你们有什么相干呢？听说学生们是反对曹锟的,他们总不至于只许他们反对曹锟,而不许王学礼反对曹锟的吧。

哆哆嗦嗦,王学礼越想越害怕,隔着窗子往外面望望,王学礼明明看见带队的长官正在向军人们吩咐什么事情,千真万确,那个长官还向自己的这个窗口指了一下,然后许许多多的军人都在向自己的窗口望。这一下,王学礼吓得瘫成了一摊烂泥,明明是在捉拿自己,生有时,死有日,今天自己的一条小命完了。

果然,那个带兵的长官一步就跳上车厢来了,王学礼"啊呀"一声喊叫,一双胳膊抱住脑袋,他已是坐以待毙了。

"各位议员先生,辛苦了。"带兵的长官向众人敬了个军礼,然后提高嗓门说,"今日不巧,天津民众闹事,本人奉王督军之命,前来保护各位议员安全。现在已经是不能在车站下车了,我已命令车站,将火车开到前面的小站停车,我们备有各种车辆再护送各位议员回家。"长官的话音未落,呼啦啦车下的军人一窝蜂地跳上了火车,一声令下,一个窗口一个军人,枪口向外,一个个好不威风。

哐当、哐当,列车缓缓地开起来了,王学礼心绪稍微安静了一些,但是坐在椅子上,看着立在自己对面的军人, 他总觉着这个军人裤口袋里似揣着一副手铐,随时都准备将自己锁走。再看看在车厢里走动的那位长官, 每次他从自己座位旁边走过去的时候,都格外地多看自己两眼,绝不是因为自己比别人长得胖,那长官的目光里明明不怀好意。

　　"长官长官。"王学礼终于坐不住了,他走出座席,向那位长官迎了过去,先是脱帽施了个大礼,然后才战战兢兢地问,"鄙人叫王学礼,王督军没有给您什么特别的命令吗?"

　　"王督军只命令我好生地把你们看住了, 别落在民众手里,来日由他再来、再来、再来什么的哩?那话是怎么说的?"长官忘了那个词。

　　"王督军是不是说,不能让我落在民众手里?"王学礼语音颤抖地问,"来日,由他亲自来处治我?"

　　"对,对!"带兵的长官想起来了,他用力地一拍脑门,大声说道,"就是处治、处治,他说了,没错,由他亲自处治!"

……

　　回到德租界王公馆，王学礼连上楼梯的力气都没有了，他两条腿像是灌了铅，身子软得成了一团棉花。华有德连背带搀，活赛是滚个大肉球，足足用了半个钟头，才好不容易地把王学礼扔到了大床上，呼哧一声，王学礼的胖身子陷在床上，就再也不能动弹了。

　　华有德精忠救主，立即请医生给王学礼诊病，一连十来天，王学礼不吃不喝，不说话，不睡觉，光躺在床上一阵一阵地打哆嗦，上半天四肢冰凉，下半晌全身滚烫，睁着眼睛说梦话，不停地自言自语："要下手就利利索索的吧，谁也逃不脱那一天。"华有德请来法国的隆大夫，又请来了德国的赛医生，一番检查，两位西洋医生一致认为没病，最后只给留下了一张四个字的处方：节制饮食。华有德不服，平时好好的一个人变得魂不附体，不可能没有病，于是又请来中医，这一望闻问切，找出病来了，阴虚阳弱，上火下寒，肝脾不和，气血两亏，于是一张处方开出来，镇静安神，补阴壮阳，驱寒御火，养肝润脾，什么熟地、当归、黄柏、人参、天麻、杜仲、茯苓、川芎，最后以童便做引，一日三次，让王胖子喝三次小男孩的尿。

仙丹妙药果然灵验，不消几日，王学礼已是贵体转安了。这期间多亏有林姑娘精心守候，几天几夜，林姑娘竟是一双眼睛直视着王学礼，没有一丝困意。

"你歇会儿去吧，我这不是好些了吗？"王学礼倚坐在床上，万分感激地劝林姑娘。

林姑娘还是什么话也不说，她看着王学礼，又看看华有德，然后才缓缓起身走出王学礼的卧室。

说了几句闲话，王学礼让华有德将这几天的报纸给拿来，国会议员嘛，当然要知道天下大事。华有德不看报，他知道凡是书上报上印着的字，讲的全是仁义道德，而世上偏偏这四个字和他华有德不相干，他只负责替王学礼保存报纸。顺手，华有德便将一沓报纸递给了王学礼，王学礼倚着床头，一面听着楼下林姑娘的钢琴声，一面无心地翻着报纸。

"林，林！"突然间，病床上王学礼一声大喊，待到华有德回过头去看时，王学礼已经满头大汗地倒在床边上了。

楼下弹琴的林姑娘虽说是在弹琴，但心中还惦念着楼上的病人，听到楼上有喊声，又是只喊了一声"林"，她便料到凶多吉少，立即一阵旋风，飞也似的跑上了楼来。

"快！快！"华有德跪在床上将王学礼的胖身子往床上推，林姑娘也忙跑过来给王学礼擦汗抚胸，两个人累得一身汗，好不容易才将王学礼扶着躺好，摸摸胸口，摸摸脉，倒也不见有什么异常，再看看王学礼，神志似还清醒，舒口大气，两个人才放下心来。

"你们瞧，你们瞧……"王学礼抖着手中的报纸对华有德和林姑娘说，林姑娘猜出王学礼犯病必是和报纸有关，便伸手要将报纸接过来，只是王学礼不肯松手，他仍抖着报纸说着，"那天车站上民众闹事，怎么是我挑起来的呢？"说着，王学礼打开报纸，指着报上的大字标题给华有德看，那醒目的标题是：

国会议员严词抨击曹锟腐败　万千民众强烈要求军阀下台

大标题下面密密麻麻的小字，报道的是天津议员王学礼如何在国会鼓动和平民主,天津民众又是如何地为响应王议员的发难而聚众示威,来龙去脉清晰明了,明明是王学礼把天津民众挑动起来了,而曹锟的江山也眼看着坐不牢了。

"这,这……"有生以来第一次看报的华有德也被闹呆了,他不明白这是怎么回事,报纸书刊,劝人行善,多讲些二十四孝的故事也就是了,什么腐败呀,军阀呀,议员呀,民众呀,这些都和百姓有什么相干?

"我说那天车站上荷枪实弹,怎么就如临大敌呢,明明是王督军怕我一下车见着百姓,当即就黄袍加身,草桥起事地成了气候。那鬼谷子还料定我有一步鸿运,存心是往火坑里推我呀!有德,备车,立即备车!"说着,王学礼便挣扎着爬下床来,伸出胳膊让林姑娘侍候他穿衣服。

"学礼,你有病,备车去哪儿呀?"华有德平伸开一双胳膊劝阻。

"我去督军府,去找王承斌,那国会上的演说稿是他们塞给我的,我只是一字不差地念一遍。在北京,报界虚张声势,与我不相干;天津民众闹事,更跟我不相干。"王学礼一面穿着衣服,一面着急地说着。

"我可以证明的,那个演说稿是苏维新交给我的,咱打心眼里也不反对曹锟。"华有德有些惊慌地说。

"我反对他曹锟干吗?吴佩孚反对,是他吴佩孚要争大总统的宝座;齐燮元反对,是他要独霸一方;我王胖子没有一兵一卒一刀一枪,犯得着反对他吗?我和他争嘛?争大总统的宝座?我有那造化吗?自从盘古开天地,三皇五帝到如今,谁见过大胖子坐天下的吗?胖子不全是一身的松心肉吗?没心没肺,胡吃闷睡……"王学礼胡乱穿好衣服,昂起头来,由林姑娘为他系领带,他已是做好准备,一定要去向王承斌好好地做一番解释了。

"咚咚咚!咚咚咚!"突然从楼下传来了敲门声。听着这震耳欲聋的敲门声,便猜出来人必是些混不讲理的人物,华有德立刻跑到窗边张望,这一望,他也吓呆了。

"学礼!"华有德双手扒着窗沿,身子也顾不得转过来,便惊慌地禀报说,"咱们公馆让大兵包围了!"

"林姑娘救我!"王学礼一声喊叫,紧紧地将林姑娘抱在怀里。林姑娘体型苗条,险些被王胖子压倒在地上。

还没有容林姑娘安抚王学礼,"咚"的一声,王学礼公馆的大门早被大兵砸开,一阵惊天动地的皮靴声过后,一眨眼的工夫,王学礼的卧房大门早被大兵踢开了。

王学礼清清楚楚地看见,就在他的卧房,门外站上了四个大兵,房内拥进八个大兵,恶狠狠的枪,闪闪发光的刺刀,一个个满脸横肉、杀气腾腾的大兵,大难临头了。

"立正!敬礼!"屋内大兵一声口令,"唰唰唰",一阵马靴声,随之走进来一个威风凛凛的军人,真可谓不可一世:笔挺的军服,彩色的绶带,军刀,盒子炮,后面还追随四名马弁,非凡的人物,王学礼认识,天津督军王承斌。

"咕咚"一声,王学礼跪在地上,冲着王督军行了一个中国男子汉最体面的大礼。看见王学礼跪在了地上,华有德也跪了下来;林姑娘没练过这宗功夫,勉为其难,她也连坐带跪地反正是矮了大半截。

"学礼有罪！"哆哆嗦嗦地哭诉着，王学礼早已经魂灵出窍了，"只求王督军不要就地正法，别吓着林姑娘，人家孩子没见过这世面，咱们全是中国老爷们儿，有嘛事旷野地办去。"

"哎呀呀，王议员，你这是怎么了？"哈哈哈一阵笑，王承斌忙弯下腰来要搀扶王学礼。王学礼怕是王承斌要亲自下手，还瘫在地上向一旁躲闪。

"兄弟是听说王议员贵体违和，因此才亲自到府上问安来的。"

"啊！有你这么问病的吗？大兵压境，破门而入。"王学礼还是不相信地冲着王承斌翻白眼。

"都怪手下人性子急，敲了一阵门，没人开，他们说别是王议员在屋里'过去'了，快上楼救人。你那门也不结实，自个就开了。哈哈，哈哈哈哈……"说着，王承斌早笑得弯了腰。"哈，哈，哈哈，哈哈哈……"瘫在地上的王学礼也跟着笑了，随着，华有德、林姑娘都笑了。

"无事不登三宝殿呀！"王督军探病，一不问病情，二不落座，只要看见人还活着，他也就放心了。

"赶紧收拾收拾，这就跟我去北京。"当即，王承斌说明了来意。

"啊？"好不容易才从地上爬起来的王学礼，吓得又跌坐在沙发上。

"督军，他有病。"站在王学礼身旁的华有德诚惶诚恐地说。

"没跟你说话。"王承斌呵斥了一声。

唰！当即一左一右两名马弁走上前来，不容分说便将华有德架出了卧室。

"这么忙着上北京，嘛事？"王学礼魂不附体地问。

"曹三不行了，我代表军界，你代表民众，咱两人去劝他退位。"

"啊？"王学礼大喊一声，又要躺下。

"利索点，国事为重，我在车里等你！"王承斌转回身去。"立正，敬礼！"一声鬼哭狼嚎，当当当，王承斌由马弁们簇拥着，又是一阵旋风，大步地走下楼去了。

尾声

公元一九二四年,民国十三年十一月二日,曹锟迫于军界与民众的压力,向国会提出辞职咨文,当即国会表决通过。做了三百八十天大总统的曹锟,跑回天津的大公馆里种花去了。

所谓军界的压力,自然来自王承斌。王承斌原是曹锟的心腹,但中国式的心腹不是于危难之时拉你一把,而是于危难之时推你一把。因为是心腹,自然站得离你极近,而你还对他绝无戒备,所以这心腹一旦下了手,绝对是又准又狠。那么,民众的压力,又是以谁为代表呢?王学礼?确确实实,王学礼被王承斌武装押解至京,原是说让他代表民众向曹大总统劝退的。但到了北京,王承斌把王学礼扔在六国饭店里,便再没有派人来提他。也许是曹锟有事好商量,有军方劝退就足够了,民众劝不劝的也就没必要了;也许是王承斌把王学礼忘了,劝退了曹锟,他还得忙着劝进段祺瑞,以王承斌这种成不了气候的人,他是不可一日无靠山的,当然要去忙正事。

一连过了数天,王学礼也没有见到王承斌的面,买了几十份报纸,也不见有王承斌的消息,只是十一月十五日段祺瑞被推为总执政,代行政府职权。段祺瑞发表声明:"本执政誓当巩固共和,导扬民智,内谋更新,外崇国信。"眼看着中国又有盼头儿了,如何让人不为之欢欣鼓舞?只是王学礼拿定主意,此次一旦回津,这个国会议员,他是再不干了,推行民主的重担,他是再不肩负了。当百姓,不就是缴税纳捐吗?认了。与其入仕推行民主,不如为民享受民主。以王学礼的胖人哲学,他以为这推行民主活赛是吃西餐,鸡鸭鱼肉摆上餐桌,刀子叉子由你使唤,再加盐,加胡椒,加奶油,无论怎样的一种吃法,还得自个操作,而身为百姓享受民主,则活赛是吃中餐的饺子,有皮儿,有馅儿,一个模样,一种味道,盐油酱是人家兑好的,肉馅儿是人家包好的,不用挑不用拣,老老实实地只管去吃。

"大哥,你还在这养膘？快回家吧！"

王学礼在北京六国饭店住到第十天,风风火火,华有德狼狈不堪地跑到饭店找到了他。一见华有德那副丧气模样,王学礼就预料到是凶多吉少,当即便问道：

"林姑娘呢？"

"别问林姑娘了,太夫人没有了！"说着,华有德倒先放声哭了起来。

"娘！"王学礼先是不信,但看见华有德哭得那样痛心,王学礼也终于跪在地上,双手抚地,痛不欲生地连声喊着,"娘,娘,儿子不孝,竟没能见您最后一面呀！"

"可是,可是,我老娘原是什么病也没有的呀！"哭过娘、磕过头之后,王学礼还是不相信老娘真的会乘鹤而去,便仍然跪在地板上问。

"嗐,快别提了。前天夜里,王承斌派人去城里抄了你家的老宅。"

"王承斌？他在北京呀！"王学礼惊讶地问,"别是进了土匪？"

"学礼大哥，你好糊涂，你让人家给玩了！"说着，华有德将王学礼搀扶起来，然后才慢慢地向他述说天津的变化。王承斌将王学礼扔在北京，没几天工夫便回到了天津。曹锟下台，段祺瑞执政，一道命令，王承斌率师开拔，有人说他是想出关投奔张作霖，还有人说他要南下去联合吴佩孚。无论他要去做什么，百姓才没有心思去问，但他临走之前还想发一笔横财。抢劫商家，他没有那份胆子，怕惹起民愤，无处藏身，最后会变为流寇。想来想去他想出一条妙计，便将所有的国会议员，通通以曾经受贿选曹锟做大总统一事定为"附逆"大罪，立即将其财产抄没，呼啦啦，一夜之间，天津卫多少富绅望族便被抄洗一空。王老太太见自家祖辈上留下来的金山银山一眨眼工夫便被劫掠一空，捶胸顿足喊了一声"天"，当即一口气没有缓上来，仙逝归西了。

"赶紧回家！"来不及收拾，王学礼拔腿就往外跑，没跑出楼廊，后面早有饭店的博依追了过来。

"先生，请付房钱。"

"付房钱？"王学礼一双眼睛瞪得滚圆，"是王承斌送我住到这儿来的。"

　　"送您来的将军交待过了，房费由您自己付。"饭店博侬六亲不认，不付房费他是不会放人走的。但是王学礼来得匆忙，身上一文钱没带。

　　"你带钱来了吗？"王学礼问华有德。

　　"我哪有钱呀，家里早一贫如洗了。"

　　"那，德租界公馆呢？"王学礼着急地问着。

　　"快别提德租界公馆了。苏维新卖给别人了，压根儿那也不是咱的产业。"

　　"那、那……"王学礼呆了，身无分文被人家扣在六国饭店，何况家里还等着自己去操办丧事，真是走投无路，焦急万分。突然眼前一亮，他想起了一个人来，立时便对华有德吩咐说，"你去东四牌楼找鬼谷子，告诉他王胖子困在六国饭店了。"

　　"可、可我不认识他家呀！"华有德说。

　　"我带你去。"饭店博侬自告奋勇地说着，"北京城，是个喘气的就认识鬼谷子，那是活神仙呀！"

时过境迁，王学礼操办完老娘的丧事，承服七期，共计重孝在身四十九天，再穿上平日衣裤，尘世的种种忧愁又涌上了心头。

名，淡了；利，忘了；昔日恩怨也全随它去了。什么王承斌，由你或成或败，全与王学礼毫不相干；至于德华洋行苏维新，王学礼也早把他忘了。苏维新军火生意发了财，如今是一手捧政客，一手捧戏子去了。只是王学礼还有一个人忘不下，时不时地想起来，还要泪如泉涌。

"大哥，我陪你去个地方，无论看见什么，你可都得四大皆空。"华有德最知道王学礼心思，一天得闲，他把王学礼悄悄地引了出来。

今晚，王学礼被华有德引到了谢家胡同，老熟地方，蓝扇子公寓，俄国妓院。只是这次，他俩没有进前厅，那里永远是幽雅恬静，男男女女，文质彬彬。今晚，华有德领着王学礼绕过前厅，直奔后院而去。还没有进入后厅，早听见男人叫女人笑，一片刺耳的喧嚣令人不寒而栗。

后厅里，一团浓烟，呛人的酒气，加上一股莫名的骚臭,几乎把王学礼熏倒。王学礼强憋住一口气,随华有德走进大厅,立刻,黑压压的人海将他们吞没得不见踪影。

后厅里,灯光极暗,刺耳的音乐声一分钟也不停歇。嫖客中有中国人,更多的是外国人,大多是水手游民,一个个喝得烂醉,一个人怀里搂着一个俄国姑娘。那些俄国姑娘一会儿唱,一会儿笑,一会儿哭,个个全是疯子。

瞪圆了一双眼睛,王学礼在人群中寻找。千里有缘,在大厅的小角落里,他看见了他的林姑娘。但今日林姑娘早不是王公馆里的林姑娘了。她披头散发,眼神痴呆,面色铁青,和所有俄国妓女一样,她只穿一件薄如蝉翼的纱裙,领口开得极低,胸前的肉高高地突出来。

王学礼哭了,强忍着泪水,挤过疯狂的人群,向林姑娘走过去,轻轻地抬手抚抚林姑娘的乱发,又轻轻地握住了林姑娘的手。

只是,林姑娘无力地抬起头,虚眯着一双眼睛向王学礼望了望,然后才无力地说了一句:"我累了,别缠我。"

"林姑娘,我、我是你的学礼呀!"

"我累了,别缠我。"谁知道林姑娘是把过去的一切都忘了呢,还是变成了另外一个林姑娘,根本不去回想面前的胖男人是谁,只是极无力地说:"我累了,别缠我……"